VICTOR JACQUEMONT DU DONJON

MÉLANGES

Lettres inédites :
Madame de Pompadour
La Fayette
Victor Jacquemont

La Bête du Gévaudan

Fêtes Toscanes

Carnet de Route
d'un Officier d'Artillerie
1811-1815

Les Rois Frères

Écoles et Lycées

La mort de Dorat

Souvenir de Roumanie
Le Couvent d'Oisesco

2me Édition

PARIS

GARNIER FRÈRES, LIBRAIRES-ÉDITEURS

6, RUE DES SAINTS-PÈRES, 6

1900

VICTOR JACQUEMONT DU DONJON

MÉLANGES

Lettres inédites :
Madame de Pompadour
La Fayette
Victor Jacquemont

La Bête du Gévaudan

Fêtes Toscanes

Carnet de Route
d'un Officier d'Artillerie
1812-1813

Les Rois Frères

Ecoles et Lycées

La mort de Dorat

Souvenir de Roumanie
Le Couvent d'Oisesco

2me Edition

PARIS

GARNIER FRÈRES, LIBRAIRES-ÉDITEURS

6, RUE DES SAINTS-PÈRES, 6

1900

J'ai réuni sous le titre de MÉLANGES des communications faites à des Revues bien opposées de tendances et de lecteurs ; elles sont par conséquent d'esprit fort différent. Le seul caractère d'unité auquel elles puissent prétendre naîtrait du souci de la mesure et du zèle pour la vérité qui les inspirent également.

VICTOR JACQUEMONT DU DONJON.

DEUX LETTRES INÉDITES

DE Mme DE POMPADOUR

DEUX LETTRES INÉDITES

DE Mme DE POMPADOUR [1]

Si jamais la citation *habent sua fata libelli*
trouva son excuse, c'est bien dans cette occasion, alors même qu'il s'agit de lettres et non
point d'opuscules.

Un de mes voisins de campagne avait, il y
a déjà longtemps, acheté dans une vente
publique un coffre-fort. Le hasard voulut
qu'il en perdît la clef récemment et qu'il fût
obligé de l'envoyer à son auteur, M. Fichet,

[1] *La Nouvelle Revue*, 15 juin 1896.

pour lequel les caisses — et surtout les siennes
— n'ont pas de secret. Or, le coffre-fort
ouvert, on trouva derrière une tôle, soigneusement cachées, ayant échappé aux investi-
gations du propriétaire, les deux lettres que
ce dernier nous a obligeamment communi-
quées et que nous publions.

Bien qu'à dix ans de distance, elles sont
écrites sur le même papier épais, pliées de la
même façon, c'est-à-dire en trois dans le sens
de la longueur ; elles étaient fermées par un
ruban dont les deux bouts se nouaient sous
un sceau de cire aux armes de France : la
couronne fermée et les trois fleurs de lis.

Elles sont bien différentes l'une de l'autre,
ces lettres. La première est d'une femme
revenue des vanités de ce monde. Mme de
Pompadour pense à sa fille, sa *fanfan*, cette
petite Alexandrine qui devait mourir à dix
ans. Elle était moins que jolie, cette petite
Alexandrine d'Etiolles. Boucher l'a peinte la
bouche mignonne, les yeux bleus, les cheveux
cendrés, aux joues les fossettes de sa mère,
mais le nez légèrement canaille des Poisson.
Enveloppée d'ingénuité, attentive, curieuse,
elle nourrit à la cuillère un oiseau encagé.
Goncourt prétend qu'elle était tout le portrait
de la Marquise ; j'en doute. Elle mourut dans

sa dixième année, un peu de convulsions dentaires, beaucoup des médecins. Mme de Pompadour, frappée au cœur, tomba si malade que d'Argenson fut quelque temps rempli d'une folle confiance ; il écrivait à un de ses amis : *On ne sait encore ce qui arrivera de son sort.* Il arriva que la marquise guérit et qu'il fut exilé. Pour le moment, elle se sent vieillir et sans se faire ermite ailleurs que dans sa magnifique propriété de Bellevue, *ce musée de l'art français,* elle veut se réfugier dans les bras de l'amitié. Mais quelle amitié ? Je ne vois point que c'en puisse être une autre que celle de Marie-Françoise-Catherine-de Beauvau-Craon, marquise de Boufflers. Il était peut-être hardi de vanter les douceurs de l'amitié à une femme qui ne la comprenait que d'une façon telle que cette façon lui avait mérité le surnom de *dame de volupté* et qui, pénétrée d'une philosophie aimable, avait ainsi composé son épitaphe :

> Ci-gît, dans une paix profonde,
> Cette dame de volupté
> Qui, pour plus grande sûreté,
> Fit son paradis de ce monde.

Pourquoi Mme de Pompadour prit-elle pour confidente de ses mélancolies une personne qui devait s'en soucier si peu ?

1*

La seconde lettre, au contraire, quoique dix
ans se soient passés, est d'une gaieté qui ne
laisse rien à désirer. Deux personnages y jouent
un rôle : M. de Sade et la princesse de Conti.

Cette dernière était la femme du maréchal
de Belle-Isle. Aucun incident ne signale sa
vie. Je n'y vois d'inattendu que les bons rap-
ports dans lesquels elle se trouvait avec
Mme de Pompadour quand cette dernière ne
cachait point son hostilité vis-à-vis de son
mari. Après tout, elle-même n'était peut-
être pas en meilleurs termes avec lui. C'est
une époque où les ménages unis frisaient
presque le scandale (je parle de la cour, bien
entendu).

De même il n'est pas sans intérêt de recher-
cher quel est le Sade auquel Mme de Pompadour fait allusion. De cette grande famille,
originaire d'Avignon, il existait, en 1762,
quatre membres : François-Joseph, diplomate,
âgé de 61 ans ; Paul Aldonce, vicaire général
de l'archevêque de Narbonne, retiré au château de Vignerme, où il mourut ; Hippolyte,
capitaine de vaisseau, et Donatien (Alphonse-
François), comte de Sade, l'esthète communément connu sous l'épithète de *divin marquis*. Ce ne peut être que ce de Sade, dont la
marquise blâme le léger badinage. Encore

n'est-il qu'un plagiaire. Gaston d'Orléans, frère de Louis XIII, eut un jour l'extraordinaire fantaisie de vouloir qu'on servît une omelette sur le ventre de Wallon, colonel du régiment de Langue d'Oc, homme d'une grosseur prodigieuse et qui entretenait sa graisse par sa passion pour la bonne chère. Wallon s'étendit sur la table, au milieu des plats et des flacons et on lui appliqua l'omelette toute brûlante que le prince et les convives se partagèrent en se récriant sur la finesse de ce mets. Sade, né en 1740, entré à quatorze ans dans les chevau-légers, avait, en 1762, vingt-deux ans et comme vraisemblablement c'était un sujet précoce, je pense que de la fameuse omelette, c'est bien lui qui a cassé les œufs. Quelle vie que celle de ce gentilhomme qui a connu Louis XV et Mme de Pompadour, Robespierre et Napoléon, qui reçut le jour dans l'hôtel de la princesse de Condé dont sa mère était dame d'honneur et mourut à Charenton! On ne connaît de lui qu'un beau trait : Secrétaire de la « Société populaire de la section des Piques » pendant la Révolution, il sauva son beau-père et sa belle-mère à son propre péril.

Voici les deux lettres; j'en respecte l'orthographe et la ponctuation.

Ma chère de Boufflers,

Est-il vrai que vous allez marier Made-moiselle de Rouville. Heureux celui qui l'aura ! Elle est belle et pétrie de grâce : ce qui est le plus grand point en fait d'amours elle est jeune, baisez-la pour moi.

Mais à propos de mariage, j'ai une grande fille qu'il me faudra aussi bientôt établir, cela doit m'avertir que je deviens vieille quand même mon miroir me dirait le contraire. Quel est le sort des femmes ! Elles ne vivent, c'est-à-dire elles ne plaisent que quinze ans tout au plus : c'est bien la peine d'être belle. Un autre signe de vieillesse dans les femmes, c'est quand leur cœur devient capable d'ami-tié pour leur propre sexe car les jeunes filles n'aiment rien qu'elles-mêmes.

Je trouve aussi ce signe en moi et peut-être une demi-douzaine d'autres, avec une ten-

dresse dont je ne me serais pas cru suscep-
tible. L'amitié est un plaisir dans tous les
temps mais c'est un besoin dans la vieillesse.

Je le sens ce besoin, ce qui m'annonce que
je suis sur la frontière.

Adieu, ma chère duchesse, consolons-
nous: il y a un bonheur propre à tous les
âges; tâchons de le connaître et de le goûter,
je vous embrasse tendrement, ma chère amie
et faites de même pour moi.

MARQUISE DE POMPADOUR.

Versailles 1ᵉʳ mars 1752.

Chère duchesse de Charost,

J'irai demain à Bellevue j'espère que vous
viendrez me voir.

Je serai seule au milieu de la foule, et ne
verrai que vous parceque vous valez mieux
que les autres.

Je vous prie de donner pour moi deux
cents louis à la petite Lavergne, j'aime cette

fille-là pour son esprit et je veux en faire quelque chose.

Si vous voyez ce gros cochon de Sade, grondez-le pour moi, j'ai appris qu'il avait été fort gai dans un certain endroit.

Je voudrais bien savoir si un loyal chevalier doit rire dans l'absence de sa dame.

Quelle horreur ! Manger une omelette brûlante sur le derrière d'une pauvre fille ! Cette aventure a transpiré, malgré toute sa finesse on convient généralement que c'est une fort mauvaise plaisanterie.

Ils ont dit-on donné cinquante louis à cette fille, ce n'est pas assez pour le martyre qu'elle a souffert.

Les femmes veulent aussi des scènes. Des dames revenant de la campagne se sont arrêtées dans une hôtellerie pour se rafraîchir et s'étant mises à boire elles ont cassé dans leur belle humeur les verres et les vitres pour imiter un peu le tapage des hommes.

Quel femmes ! Adieu, encore une fois embrassez-moi sur cette joue puis sur l'autre. Bonsoir, je vais me coucher, je rêve à vous.

J'oubliais le plus drôle, j'ai appris hier que la princesse de Conti étant l'autre jour à la messe des Théatins, un pauvre aveugle

*vint lui demander l'aumône, en se plaignant
qu'il avait perdu les joies de ce monde; sur
quoi elle se retourna vers le comte de Clermont et lui dit: Est-ce que cet homme-là est
ennuque !... Voilà une réflexion bien gail-
larde surtout dans une église.*

*A mon tour je baise votre joli visage;
n'est-ce pas que je suis bavarde ?*

MARQUISE DE POMPADOUR.

Versailles 9 avril 1762.

TROIS LETTRES INÉDITES

de La Fayette et de Victor Jacquemont

TROIS LETTRES INÉDITES

De La Fayette et de Victor Jacquemont[1]

Parmi de vieux papiers de famille que je classais récemment, j'ai trouvé trois lettres inédites : l'une de La Fayette à Victor Jacquemont, les autres de Victor Jacquemont à M. Taboureau et à M. Ch. Dunoyer.

La première fut adressée par La Fayette à Victor Jacquemont en 1818, le 4 octobre,

(1) *La Nouvelle Revue*, 1ᵉʳ décembre 1825.

à la veille des élections qui devaient avoir
lieu le 20 et le 26 du même mois. La congré-
gation et les bureaux de l'administration de la
garde nationale, qui constituaient une sorte
de puissance à la fois militaire et civile,
déployaient toutes leurs ressources ; de leur
côté, les libéraux et à leur tête Benjamin
Constant, Thiard, Manuel et La Fayette,
multipliaient leurs efforts. La Fayette fut élu.

Il y avait entre les La Fayette et les Jacquemont de très anciens liens de parenté qui
avaient fait place à de simples mais cordiales
relations d'amitié. Lorsque Malet institua sur
le papier un gouvernement provisoire appelé
à remplacer le gouvernement de l'Empereur,
Venceslas Jacquemont, ancien tribun, membre de l'Institut, n'avait accepté de figurer sur
la liste des conspirateurs que s'il y devait
trouver à ses côtés ses amis: Carnot, ce qui
alla de soi et La Fayette, qui ne fut point
accepté sans débats. Ce dernier pensa d'ailleurs
payer de sa vie cet honneur intempestif.
Napoléon mit tout en œuvre pour établir sa
culpabilité et s'il n'y parvint pas c'est qu'il
se heurta à la tranquille fermeté de Jacquemont qui, assumant toutes les responsabi-
lités, fut après dix-huit mois de captivité
expulsé sans jugement, sans l'ombre d'un

procès. Son exil dura jusqu'à la fin de l'empire (1).

Victor Jacquemont, un des trois fils de
Venceslas, hérita les bons sentiments du
général pour son père:

La lettre qui nous occupe nous donne un
La Fayette peu connu ; c'est le « Soldat
laboureur », lequel fera bientôt place au par-
lementaire. On y trouve des traces de ces
sentiments affectueux et tendres que ni
l'âge, ni les malheurs, ni la politique n'a-
vaient pu tarir dans le cœur du *Héros des
deux mondes*.

(1) Le brave Malet dont je viens de parler, ancien
républicain, avait depuis plusieurs années cherché à
conspirer contre le despotisme impérial ; c'est même
à cette occasion qu'au mois de juillet 1808, Bonaparte
crut pouvoir m'envelopper, avec quelques amis, dans
une accusation capitale. Son ministre Fouché dé-
tourna le coup ; mais je dus surtout mon salut à
l'imperturbable fermeté de Jacquemont dont l'amitié
aussi éclairée que généreuse sentit qu'une dénégation
de tout rapport avec moi pouvait seule couper court
aux inductions captieuses. Il en fut puni par un long
emprisonnement, l'exil et la perte de son emploi.
Membre du Tribunal, Jacquemont avait été en 1800,
nommé membre du Conseil supérieur de l'Instruction Publique avec Garat, Daru, de Tracy et Lagrange.

(*Mémoires de La Fayette*, tome V.)

*A Monsieur Victor Jacquemont, chez M. de
Tracy, auberge des « Quatre Vents » de
M. Avilan, à Moulins, département de
l'Allier.*

Lagrange, 4 octobre 1818.

Le plaisir que m'a fait votre aimable et
bonne lettre, mon cher Victor, est une consé-
quence bien naturelle de la tendre amitié
que mon cœur vous a vouée, à vous, mon
cher Victor, à l'ami, indépendamment de
celle qui déjà faisait de moi une espèce d'oncle
pour vous.

M. de Tracy vous a mandé ce qui m'empêcha hier de vous répondre ; vous êtes
devenu trop campagnard pour ne pas m'ex-
cuser. Il s'agissait à la vérité d'un intérêt
secondaire, mais encore ne fallait-il pas
manquer ma consultation sur le potager ; je
vous dirai, pour remonter à une sphère plus
élevée, que la vendange a été admirable,
que j'ai quatre-vingt-deux pièces de vin dont
cinquante pièces égalent ce que la Brie a
jamais produit de plus spiritueux et de plus
fin et que par un réservoir et des tuyaux
nouvellement construits, tout cela va de soi-
même s'entonner dans une grande cuve. La

récolte et la fabrication des cidres seront encore plus belles. Ce serait nous transporter au troisième ciel que de parler de notre binaille (1), j'ai déjà semé une pièce de vesce et une pièce d'orge d'hiver et me voilà prêt à faire mes blés dans une terre bien préparée.

Les chances qui doivent en résulter, sans être bien sûres, le sont pourtant plus que celles où je vais me jeter le 20 de ce mois. L'honneur que j'ai d'être à la tête de la liste libérale pourrait bien ne me valoir qu'une belle chute. On ne peut trop s'émerveiller de tout ce qu'on fait, de tout ce qu'on intrigue, tout ce qu'on invente pour m'empêcher d'être élu. Je n'en irai pas moins faire l'appel nominal des patriotes et si nous nous trouvions en minorité je me consolerai en pensant que la proportion en notre faveur va toujours croissant. On dit ici, à nos bons électeurs, que ma nomination ferait plus d'effet à Aix-la-Chapelle que la nouvelle de l'insurrection d'un tiers de la France ; ce sont les expressions de M. Greffulhe à Auguste de Staël ; je ne crois pourtant pas la Sainte-Alliance

(1) Binaille, nom donné au second labour effectué pendant l'année de jachère pour détruire les plantes adventices, nettoyer la terre et la préparer à recevoir les semailles d'automne.

*assez endiablée contre moi pour me livrer à
tant de vanité. Dès que les élections seront
terminées, je manderai à vos hôtes qui l'aura
emporté, de Lagrange ou de la douane.*

*Nous avons eu beaucoup de visites ici : Sir
Charles et lady Morgan, qui se trouvaient
assez mal à Paris avec ceux dont ils se sont
moqués et une partie de ceux dont ils ont dit
du bien : la famille de Carbonel, qui nous a
fait passer de charmantes soirées musicales :
M. Scheffer, qui a fait les portraits de
Mme de Tracy, lady Morgan et le mien (1) ;
un autre jeune ami, Thierry, qui n'a reposé
ici que sa tête, attendu qu'il a pris des leçons
d'équitation dont il conserve, nous écrit
Scheffer, un souvenir très vif; beaucoup de
personnes encore qui ne me laissent libre
qu'après-demain.*

*J'irai passer deux jours à Paris ; je dé-
barquerai aux Droits réunis ; je verrai
Mmes d'Henin et de Mouchy, revenant des
eaux d'où l'on ramène le pauvre M. de Poix
en bien mauvais état; et quoique je doive*

(1) Je ne cesse de dire aux villes qui veulent
avoir ma figure qu'il n'y a jamais eu de moi qu'un
portrait ressemblant, celui auquel Scheffer a consa-
cré son amitié et son admirable talent.

Lettre de Lafayette, 1824.

être de retour ici dimanche, je n'y retrou-
verai plus Mme de Tracy. J'irai ensuite de
Melun à Paris pour voir la mine des élec-
tions de la Capitale qui ne se préparent pas
aussi bien que mes terres à blés et je revien-
drai vous attendre ici. Dites toutes mes
amitiés et tendresses au père et aux enfants
de Paray. Recevez toutes celles de Lagrange
où vous êtes tant aimé, mon cher Victor, et
nommément par le vieux fermier qui vous
embrasse de tout son cœur.

LA FAYETTE.

Voici maintenant la lettre que Victor Jacquemont, dans l'Inde depuis environ un an,
écrivit à M. Augustin Taboureau, commissaire de marine et chef du personnel des co-
lonies au ministère de la marine en 1828 et
années suivantes. M. Augustin Taboureau
avait pour frère M. Amédée Taboureau des
Réaux, nommé conseiller d'Etat en 1832.
C'étaient tous deux des hommes distingués.
excellents, sans ombre d'égoïsme mais céliba-
taires endurcis.

C'est de Simlah que Jacquemont correspond
avec M. Taboureau. Il était venu dans cette

2

station élégante se reposer des fatigues de son voyage dans le Thibet. Sa lettre embrasse à la fois bien des pays et bien des idées ; c'est comme un sommaire dont on trouverait le développement dans sa « Correspondance ».

M. Augustin Taboureau , quai Voltaire , maison du libraire T. Barroy, Paris.

Simlah, dans l'Himalaya indien, 25 octobre 1830.

Il y a longtemps, monsieur, que j'aurais dû vous remercier de votre obligeance ; mais pour ne vous avoir pas exprimé ma reconnaissance, elle n'a pas été moins vive. Il y a toujours pour moi quelque mystère sur la route que prennent mes lettres d'Europe ; ce qui est clair, c'est qu'il ne m'en arrive pas par la voie d'Angleterre et que je n'ai perdu aucune de celles confiées à votre amitié. De retour à cette station la plus septentrionale des établissements anglais et privé de toutes communications européennes pendant les quatre mois que je viens de passer de l'autre côté de l'Himalaya au Thibet, j'y ai trouvé une montagne de correspondance formée pendant ma longue absence et je ne puis y répondre que par une cargaison complète.

M. Cordier avec sa complaisance accoutu-
mée, l'embarquera sur un navire à votre
consignation et vous voudrez bien en être le
distributeur entre mes amis. J'ai quelquefois
de vos nouvelles par M. Cordier qui me
mande que vous passez sous silence le cha-
pitre de la santé, ce qui me donne à espérer
que vous vous portez bien. Je me promettais,
en quittant la France, de retrouver M. Amédée Conseiller d'État, quoiqu'il ait contracté
depuis si longtemps la fâcheuse habitude
d'être maître des requêtes ; mais il n'y a plus
de probabilités dans le gâchis politique où
notre pays semble jeté.

Les négriers n'importent à Bourbon que
8,000 esclaves par année ; il en meurt la
moitié dans les premiers quinze mois. Si
vous devenez ministre, vous ou quelqu'un de
vos amis, mettez ordre à cela. La consé-
quence de l'exécution des lois à cet égard
sera la ruine de Bourbon ; mais elle a été
votée par les Chambres avec les lois sur le
trafic des Noirs.

Un de mes amis de ce pays-là, M. de la
Serve, auquel ses principes d'honnêteté devaient rendre bien pénibles à suivre les erre-
ments de la colonie, vient de faire sur une
grande échelle, une expérience qui mérite les

encouragements d'un ministre de la marine
tant soit peu honnête homme. Il a envoyé un
vaisseau à la côte d'Orissa et engagé plusieurs centaines de paysans indiens, auxx-
quels il donne un salaire triple de celui qu'ils
gagnent dans leur pays, pour leur faire
cultiver la canne à sucre à Bourbon.

Mon hôte en ce lieu est un capitaine d'artillerie à cheval qui commande un admirable
régiment d'infanterie montagnarde de 1,200
hommes, receveur général des finances d'un
vaste territoire, juge civil et criminel, maître
de la poste, licencié par l'évêque de Calcutta
pour marier les amateurs du genre matri-
monial, et qui, enfin, roi des rois comme
Agamemnon, gouverne une trentaine de
petits souverains, Kânas ou Kadjahs, tribu-
taires ou alliés de l'autorité anglaise.

Pour l'aider dans cette variété d'emplois,
il a trois officiers dont l'un est fou, l'autre
mourant et le troisième seulement jeune et
actif qui fait manœuvrer ses 1,200 Goorkas.
Sa besogne néanmoins n'occupe mon artilleur qu'une couple d'heures chaque jour
après déjeuner et il y a neuf ans qu'il s'en
acquitte à l'entière satisfaction du gouvernement. Je prendrais Pondichéry avec une
compagnie de ses Goorkas car il n'y a

pas un de ces hommes qui manque à casser
une bouteille à deux cents pas, qui ne puisse
faire cent lieues en cinq jours.

Le susdit artilleur émarge environ 70,000
francs par an pour faire vingt fois la
besogne de notre microscopique gouverneur
à Pondichéry. Voilà ce que j'appelle un
gouvernement « hommes d'affaires ». Nous
autres nous sommes absurdes !

M. Poultier est un assez bon diable, sans
malice. Mais qu'il ne soit jamais le Caron de
votre barque, à moins que ce ne soit pour
aller au Tartare ; alors vous échapperez à
ses supplices infailliblement noyé dans le
Styx ou l'Achéron. J'ai trouvé fort commode
dans mon interminable traversée le relâche-
ment de discipline militaire favorisé par
M. de Melay avec lequel j'ai fait chaque soir
une partie de trictrac, « horresco referens »,
sur le gaillard d'arrière ; mais j'ai trouvé
brutale la manœuvre de Poultier contre un
honnête vaisseau suédois paisiblement à
l'ancre au milieu de l'immense rade de Rio-
de-Janeiro. Au reste, le roi est là pour payer
les pots cassés du genre naval. Vos marins
sont bien comiques avec « leur roi » comme
M. Pardessus (1), en vérité.

(1) Député ultra-monarchiste.

2*

Puis, quelques jours après, remis à neuf
pour gagner le Cap, nous faillîmes nous cas-
ser le nez et pis que cela peut-être sur les
rochers du fort Santa-Cruz. Ces mistaker,
il est vrai, ont été bien rachetés par la gloire
dont nous nous sommes couverts à la barbe
du géant Adamastor. Voyant près de nous
un bâtiment de notre taille, nous décidâmes,
en bonne logique, que c'était un négrier qui
venait nous attaquer. Les négriers, comme
on sait cherchant les aventures, nous lui
envoyâmes une bordée après avoir crié :
« Gare l'eau ! » hors de la portée de la voix.
Oui, je le sais pertinemment, car la voix qui
parlait, c'était la mienne, attendu que de
cent personnes à bord j'étais le seul qui par-
lât anglais (ce qui, entre nous, ne laisse pas
que d'être infiniment ridicule). Je me garde-
rai à l'avenir, si je risque ma peau sur un
des navires de S. M. T. C., de me vanter de
ma philologie. Elle m'obligea après la ba-
taille d'aller à bord de notre prise pour
interroger devant notre lieutenant les soi-
disant pirates ou négriers. Il faisait noir
comme dans un four et ventait le diable. C'est
dans les promenades en bateau, à minuit,
sur la pleine mer, qu'on se noie particulière-
ment, mais refuser le secours de mon élo-

quence anglaise eût été de mauvaise grâce.

Nous ne nous tirâmes pas trop mal de l'ouragan de Bourbon, puisque tant d'autres ne s'en tirèrent pas du tout ; par exemple, si je suis bien instruit, un petit schooner de S. M. T. C. qui jouait dans ces parages la farce d'une croisière permanente contre les négriers. Mais, à l'entrée de l'Hoogly, nouvel accroc ; nous perdîmes deux ancres en huit heures et n'en avions qu'une forte petite de miséricorde. Notre Neptune, de plus, perdit la tête, me donna de l'humeur et je le laissai se démêler de son mieux avec le pilote anglais comme un habitant de la terre avec un habitant de la lune ; le mieux, je vous l'assure n'était pas bien. Les dieux cependant nous furent favorables et je ne fus pas obligé de gagner le bord à la nage. Le 5 mars, je débarquais à Calcutta en chantant comme la Vestale :

« Ah ! grand Dieu ! que je l'ai échappé belle ! etc. »

Il est sage à un Français d'avoir peu d'orgueil national s'il voyage hors de chez lui. En Amérique on n'aime pas les Anglais, non plus ceux des États-Unis que ceux des îles Britanniques, mais on a peur d'eux ; c'est toujours quelque chose. On ne nous y

*aime pas plus qu'eux et l'on a pas du tout
l'air de nous craindre.*

*Nous nous referons rapidement la réputa-
tion dont nous jouissions au temps de Frédé-
ric II d'être un peuple de maîtres de danse,
de perruquiers, de cuisiniers, de marchandes
de modes (pour parler honnêtement) ; tout
cela ne serait pas bien difficile à changer. Il
suffirait de modifier tout notre diplomatique
et la moitié du consulaire, et de mettre à la
place d'un tas de freluquets ou de polissons,
de bonnes gens qui consentissent à gagner
leur argent en faisant honnêtement et vulgai-
rement leur métier, comme par exemple les
mêmes officiers publics du gouvernement
américain. N'y manquez pas, si vous devenez
ministre.*

*Adieu, monsieur, excusez ce long bavar-
dage d'un homme qui vient de subir en quelque sorte quatre mois de secret et croyez
à mon sincère attachement. J'embrasse
M. votre frère et prends avec Mme votre
mère la même liberté.*

Victor Jacquemont.

Si cette lettre ne brille pas précisément
par l'indulgence, si V. Jacquemont y mal-
traite quelque peu ses compatriotes, c'est

qu'il les aimait assez pour les désirer meilleurs.
Au surplus, c'est au gouvernement qu'il s'en
prend et il ne connaissait point encore les
trois glorieuses. Il les célébrait fort quelques
jours après, mais bien que mort le 7 décembre
1832, il eut encore le temps de déchanter.
La meilleure des républiques, après deux ans
d'existence, ne lui inspirait déjà plus qu'une
confiance très relative.

Et précisément la lettre qui suit, en date
du 22 février 1831, introduit déjà des réserves
non sur la Révolution elle-même que Jacquemont bénit, mais sur ses héros parmi lesquels
il ne compte qu'une trop faible proportion de
membres des classes dirigeantes.

Son correspondant Charles Dunoyer, après
avoir énergiquement lutté contre le gouvernement de la Restauration dans le *Censeur
Européen*, revue militante, venait d'être
appelé à la Préfecture de l'Allier. C'était un
homme d'infiniment de mérite, écrivain vigoureux, économiste habile. Conseiller d'Etat, il
abandonna ses fonctions après le coup d'Etat
de 1851, pour se consacrer à des travaux
d'économie politique qui le menèrent à l'Institut. Il mourut en 1862.

Londhiana, sur les bords du Setludje, 22 février 1831.

A Monsieur Charles Dunoyer, préfet de l'Allier.

Mon cher ami,

Bernier passait ici, il y a 160 ans, avec l'empereur Aurung-Zeb marchant vers Cachemyr, où je vais aussi ; mais plus heureux que lui, j'y porte d'excellents baromètres et d'autres bons instruments, quelques réactifs chimiques qu'il n'avait pas et des connaissances que nul ne possédait alors ; en un mot, une foule de moyens d'investigation scientifique dont il était privé. Aussi je me flatte, mon cher Dunoyer, de rapporter de cette expédition quelque chose de mieux que la matière de lettres à mes amis.

Un autre avantage pour moi de la différence des temps, c'est que j'ai reçu avant-hier, de lord William Bentink, le successeur d'Aurung-Zeb, les journaux de Paris des mois de juillet et d'août 1830. J'étais passablement au courant des nouvelles d'Europe jusqu'au 4 septembre par les extraits des gazettes anglaises rapportés dans celles de

Calcutta et de Bombay que la poste porte chaque jour à cette extrémité la plus reculée de l'Empire, mais à l'arrivée du courrier du gouverneur général j'ai perdu subitement toute espèce de libre arbitre sur l'emploi de mon temps. Je me suis enfermé avec ma proie et n'ai levé ma séance permanente de lecture qu'après l'avoir entièrement dévorée. Maintenant je suis comme un homme malade, il me reste une excitation nerveuse qui m'empêche de tenir sur ma chaise. La fatigue physique calmerait un peu cette irritation douloureuse, mais je n'ai qu'un cheval à lasser et ce n'est pas assez pour me lasser moi-même; ensuite il pleut à verse; force m'est donc de me promener dans ma chambre où, quand j'ai fait six pas, je rencontre le mur et c'est un accès d'indignation nouveau à chaque tour. Me voilà donc réassis avec le même aiguillon d'inquiétude dans les genoux et dans tout le corps. Je me citerai vainement les plus sages sentences de Sénèque qui se réveillent dans ma mémoire comme par dérision, le seul raisonnement contre cet état d'organisme ce serait un bain chaud ou quelques gouttes de laudanum.

J'admire assez les hommes et les choses de Juillet pour oser vous faire quelques remar-

*ques d'un autre caractère. Les classes popu-
laires dépourvues d'éducation politique se
sont montrées les plus ardentes au combat.
Elles ont fait preuve aussi d'un admirable
désintéressement dans la victoire mais le
même courage, la même vertu, animant
également d'autres rangs de la société,
eussent donné au combat un plus haut caractère de moralité (1). J'espère que le temps
viendra où les plus humbles dans la hiérar-
chie sociale connaitront la loi de leur pays ;
cette époque n'est encore arrivée que pour
les Etats-Unis d'Amérique. La victorieuse
résistance offerte par le peuple de Paris à
l'usurpation de Charles X n'exprime guère,
il me semble, que la haine, l'exécration
qu'il nourrissait dès longtemps contre son
gouvernement. Les ordonnances du 25 juillet
ont été l'occasion de ce déchainement populaire qu'à cette période d'exaspération politique où nous étions parvenus toute autre
circonstance eût également décidée.*

(1) En effet, le peuple proprement dit a été brave et
généreux dans la journée du 28. La garde royale
avait perdu plus de 300 hommes tués ou blessés ; elle
rendit cependant pleine justice aux classes pauvres
qui presque seules se battirent dans cette journée.

Je donnerai les palmes du courage moral aux signataires de la protestation des journalistes parisiens. C'est surtout aux gens qui savent lire qu'est commise la défense de la liberté de la presse ; celle des droits électoraux appartient plutôt aux électeurs. Si les journaux me peignent fidèlement les scènes sanglantes de la dernière semaine de Juillet la proportion des électeurs est trop faible dans le nombre des victimes. Je regrette aussi qu'on ait laissé l'honneur de marcher au premier rang à de pauvres ouvriers qui ne savaient pas lire et que je vois en grand nombre parmi les morts.

C'est en vain que je voudrais vous parler des scènes qui m'entourent, leur intérêt disparait devant la grandeur de celles qui eurent pour théâtre notre Patrie. Quand je reprendrai ma marche, dans l'oisiveté du Désert, je vous écrirai encore avant que de pénétrer en Cachemyr.

Victor JACQUEMONT.

LA BÈTE DU GÉVAUDAN

LA BÊTE DU GÉVAUDAN [1]

Le Gévaudan qui a constitué la Lozère
d'aujourd'hui était, avant la Révolution, une
des régions les plus pauvres de la France :
sans industrie, sans produits agricoles, sans
routes et presque sans habitants. Ses montagnes, les Cévennes, forment le faite de cet
amas de volcans éteints qui constitue le Plateau Central ; c'est le toit de la France. De
vastes solitudes balayées par le vent, de pro-
fondes forêts de sapins, en hiver des nappes

(1) *La Nouvelle Revue*, 15 juillet 1898.

épaisses de neige, tels étaient, tels sont
encore les caractères les plus communs de la
province qui fut dans les dernières années du
xviiie siècle le théâtre désolé de ravages
sans précédents.

Au mois de juin 1764, une femme fut atta-
quée par une bête inconnue, des enfants
dévorés, et en peu de temps 26 personnes
étaient devenues ses victimes. Des environs
de Langogne où elle avait commencé ses tristes
exploits, elle passa à quinze lieues de là dans
la paroisse de Saint-Chely, puis battit le pays
tout entier, sa merveilleuse vitesse lui confé-
rant une sorte d'ubiquité (1)

La terreur était au comble, les rares relations de voisinage interrompues lorsque M. le
comte de Montcame commandant militaire de
la province de Languedoc s'émut de la grande
lamentation des habitants du Gévaudan et
expédia à Saint-Chély-d'Apcher une compa-

_____

(1) « Dès l'âge de huit ans, mon cœur battit pour cette
hyène qui fit quelque mal et encore plus de bruit
dans notre voisinage (Chavaniac « Haute-Loire »)
Mémoires de La Fayette.

Or, Chavaniac est à 80 ou 100 kilomètres de Saint-
Chély ; mais avec sa prodigieuse endurance et pourvu
qu'il trouve à boire sur sa route, un loup peut faire
un raid de 40 lieues.

gnie de dragons du régiment des volontaires
de Clermont. Les battues organisées par les
paysans reçurent une direction plus habile ;
elles devinrent plus fréquentes, plus éten-
dues, sans toutefois amener de résultat. Le
plus clair pour les gens de Saint-Chély et des
communes environnantes fut la charge terri-
blement onéreuse du capitaine Duhamel et de
ses cinquante-six dragons ; à tel point que les
protégés, voyant qu'ils marchaient droit à la
ruine, supplièrent qu'on les débarrassât de
leurs protecteurs. Et cependant Louis XV
venait de grossir de 6,000 livres la gratifica-
tion de 2,000, votée par les Etats du Languedoc, largesse que l'intendant d'Auvergne
Bernard de Ballainvilliers rendit publique
aussitôt par une ordonnance. Ces 8,000 livres
ajoutées aux 1,000 promises par l'évêque de
Mende et aux 200 des Syndics de Mende et
de Viviers formaient un total de 9,400 francs
qui, aujourd'hui, n'en représenteraient pas
moins de 30,000.

Les armes temporelles ayant décidément
échoué, on eut recours aux armes spirituelles et l'évêque de Mende entra en lice.
C'était monseigneur Gabriel-Florent de Choi-
seul-Beaupré, conseiller du roi, gouverneur
de Mende, comte du Gévaudan et pasteur

résidant, fait rare, bien digne d'éloges dans
un temps où les prélats siégaient plus souvent
sur les tabourets de Versailles que sous leurs
dais épiscopaux. Il continuait dans ce pauvre
pays les traditions de charité et de zèle
évangélique de Guillaume Grimoald de Gri-
sac, qui fut le grand pape Urbain V sévère
redresseur d'abus et de Durand de Mende,
le *Speculator*, cet extraordinaire symboliste
dont le Rational est le plus mémorable
monument de déraison. Personne mieux
que lui n'était qualifié pour intervenir en
faveur de ses ouailles qui étaient en même
temps ses administrés. Le 31 décembre 1764,
il publia un mandement pour ordonner des
prières publiques *à l'occasion de l'animal
anthropophage qui désolait le Gévaudan.* Ce
mandement, qui nous est parvenu, a le mérite
de nous donner quelques vues sur la Bête
telle que les esprits la concevaient et sur l'impression générale qu'elle produisait.

« Une Bête féroce, inconnue dans nos cli-
» mats, y paraît tout à coup comme par
» miracle, sans qu'on sache d'où elle peut
» venir. Partout où elle se montre elle y
» laisse des traces sanglantes de sa cruauté.
» La frayeur et la consternation se répandent,
» les campagnes deviennent désertes, les hom-

» mes les plus intrépides sont saisis de frayeur
» à la vue de cet horrible animal destruc-
» teur de leur espèce et n'osent sortir sans
» être armés ; il est d'autant plus difficile de
» s'en défendre qu'il joint la force à la ruse et
» la surprise. Il fond sur sa proie avec une
» agilité et une vitesse incroyables ; dans un
» espace de temps très court, vous le savez, il se
» transporte dans des lieux différents et fort
» éloignés les uns des autres ; il attaque de
» préférence l'âge le plus tendre et le sexe le
» plus faible, même les vieillards en qui il
» trouve moins de résistance. »

Profitant d'ailleurs de la circonstance, le
pasteur ne manqua point de faire du fléau
une punition de Dieu, adressant en particulier
une vigoureuse admonestation au sexe « dont
» le principal ornement, qui devrait être la
» pudeur et la modestie, semble n'en plus
» connaître, tend des pièges à l'innocence,
» captive les regards et sert d'instrument au
» démon pour séduire et perdre les âmes. »

Monseigneur de Choiseul en fut pour ses
louables intentions.

Qu'était-ce donc que cette Bête ? Les ver-
sions différaient beaucoup ; voici la plus
répandue : un animal d'une extrême légèreté,
gros comme un veau, long comme un cheval,

a*

le poil rougeâtre, orné d'une crête droite et d'une crinière hérissée, la gueule toujours béante, les oreilles courtes, le poitrail large, la queue longue et grosse, les pattes de derrière allongées, celles de devant plus courtes et armées de griffes. Telle la représente une gravure contemporaine que nous avons trouvée dans les archives de la Lozère.

Une naïve complainte de l'époque la dépeignait comme il suit :

Elle est longue et grosse,
Très formidable,
La tête comme un cheval,
L'oreille en corne étonnable
Et le poil roux comme un veau,
Les yeux étincelants
D'un regard redoutable
Sont deux brasiers ardents.
Tout est épouvantable
Dans cette horrible Bête
Que le monde craint si fort,
Car des pieds jusqu'à la tête
Elle présage la mort.
Cet animal subtil
Que l'on suit à la piste
Ne craint point le fusil.
Chacun a le cœur triste ;
Les coups qu'on lui tire
Ne font qu'effleurer sa peau ;
Dans le cœur chacun désire

De la voir dans le tombeau.
Il s'avance en rampant,
Quand il veut faire chasse,
Derrière, non devant,
Sur ceux qui le pourchassent,
Puis d'un saut il s'élance
En leur sautant au collet
Et leur coupe avec aisance
La tête tout franc et net.
Par son agilité
Il fait huit lieues par heure ;
Sa grande activité
Fait donc qu'il ne demeure
Sur une seule terre
Jamais que très peu de temps.
Cette effroyable Bête
Fait trembler nos habitants.

Les Etats du Languedoc, M. de Saint-
Priest intendant général et M. de Montcame
ayant échoué avec leurs dragons, le roi
envoya pour diriger les battues M. d'Enne-
val le plus célèbre louvetier de France. Ce
gentilhomme s'était fait accompagner de son
fils, capitaine au régiment des recrues d'Alen-
çon, corps de milices régionales ; il menait
avec lui six limiers habitués à chasser le loup.
Pendant plusieurs mois il organisa des battues
à la tête d'une véritable armée ; si on en croit
les écrits qui nous sont parvenus, il y eut des
rassemblements dont l'un ne compta pas moins

de 10.000 hommes. Ces chasses demeurèrent infructueuses.

Alors un certain Joas de Papoux proposa à l'Intendant de la province d'empoisonner la Bête en lui offrant des victimes préalablement intoxiquées : « Comme cet animal furieux » ne fait sa proie que du sexe ainsi qu'il est dit » par le bruit commun, il conviendrait pour cet » effet d'emprunter l'artifice pour que sa » proie soit son véritable vengeur ; à cette » cause, vu que ce monstre est acharné audit » sexe, il faudrait qu'en tout lieu qu'il paraî- » tra on fît des femmes artificielles composées » avec du plus subtil poison et les exposer à » différentes avenues sur des piquets pliants » pour inciter ce maudit animal à exécuter » son indigne fureur et avaler sa propre fin ; » en sorte que pour composer ces femmes » postiches c'est d'avoir premièrement trois » vessies de cochon et le col d'une brebis ou » mouton dépouillé à chaux vive. »

Le projet du rusé Joas de Papoux fut écarté et c'est regrettable ; pour me servir d'un mot de l'époque, la Bête eût été bien *quinaude*.

Enfin un inconnu, émule de Vauban, élabora pour prendre la Bête un tracé fortifié.

C'est un octogone régulier de quarante
pieds de diamètre ; chaque face flanquée d'une
fosse, chaque angle occupé par une guérite
embuscade d'un tireur ; au centre du poly-
gone une guérite centrale eut contenu trois
enfants, appât bien tentant pour la Bête.

Le rôle des enfants était peut-être un peu
sacrifié. Est-ce pour cela que le plan de l'in-
génieux inconnu fut repoussé, je l'ignore ;
toujours est-il que la ruse répudiée on dut
revenir au loyal combat. Et sa Majesté le Roi
Louis XV envoya pour en finir son Lieutenant de louveterie.

Ce n'était pas un mince personnage que
François-Antoine, seigneur de Bauterne,
lieutenant des chasses de sa Majesté, porte-
arquebuse du Roy. Il ne quittait guère
Louis XV, habitant Versailles, suivant la Cour,
passant d'une résidence à l'autre : de Versailles à Fontainebleau, à Choisy, à Marly, à
la Muette, à Compiègne, à Trianon, à Saint-
Hubert, à Rambouillet. Il fallait que le Roi
fut bien sensible à la détresse du Gévaudan
pour qu'il se sépara momentanément de son
meilleur compagnon de chasse. Antoine en-
toura son expédition des plus sérieuses chances de succès en s'adjoignant des auxiliaires
capables. Il emmena un garde général des

chasses royales, trois garde-chasse de la
Capitainerie de Saint-Germain, deux gardes du
duc d'Orléans, trois du duc de Penthièvre.

Le Ministre d'Etat Phélipeaux le munit d'ordres et de lettres pressantes. L'Intendant d'Auvergne, M. de Ballainvilliers, le subdélégué de
St-Flour, M. de Montluc, veillent à ce qu'il soit
pourvu par les Consuls des Paroisses à tous
ses besoins ; M. de Saint-Priest et M. Lafont,
subdélégué de Mende adressent des instructions semblables à leurs subordonnés.
Antoine est en effet un envoyé extraordinaire
du Roi ; après l'échec des tentatives provin-
ciales il représente l'entrée en scène du pouvoir central : le Roi attend un succès.

Il n'attendit pas longtemps. Le 21 septembre 1765 Antoine aborda la Bête dans les
bois de Pommière dépendants de l'Abbaye
Royale de Chazes près de Langeac et lui tira
dans le flanc droit un terrible coup de trom-
blon. La Bête et Antoine, du recul, en furent
également par terre. C'est un garde de
Monseigneur le duc d'Orléans, un nommé
Reinhard, qui l'acheva.

Le Gévaudan tout entier respira. Le Roi
donna à son porte-arquebuse la croix de
Saint-Louis, 1,000 livres de pension et pour
son fils une compagnie de cavalerie.

Hélas! il en fallut bientôt rabattre. Trois mois après, jour pour jour, une jeune fille était dévorée ; déjà un garçon de Paulhac avait été attaqué et blessé. La Bête était donc aussi redoutable que jamais; c'était à recommencer.

On eut recours au poison. Des chiens tués et savamment préparés furent exposés en différents lieux mais bien que fort appétissants la Bête les dédaigna.

Le Marquis d'Apcher gentilhomme Auvergnat recommença les battues et c'est décidément au cours de l'une d'elles qu'un chasseur nommé Jean Chastel dit le *Masque* rencontra et tua la Bête qui faisait ferme. Il faut croire ou plutôt on crut que cette fois c'était bien elle car de longtemps on n'en entendit plus parler.

Le nombre de loups tués dans cette période de 15 mois s'éleva à 679 ; il y avait de quoi inspirer aux survivants une salutaire terreur.

Il résulte clairement de tout ce que je viens d'écrire qu'il y eut en 1765 et dans les années suivantes non pas une Bête du Gévaudan mais une série de Bêtes dans le Gévaudan. C'étaient des loups plus nombreux que de coutume, plus affamés que d'habitude en raison de la détresse générale. Trouvant dans les bois qui couvraient les pentes escar-

pées des Cévennes, dans les avens, les tin-
douls et les grottes des refuges inviolables,
ces carnassiers avaient acquis une audace
incroyable. Comme ils s'étaient multipliés le
mal était partout.

Peut-être aussi s'en trouva-t-il un d'une
taille extraordinaire qui fut le protagoniste de
la gent Cervière, un Lynx par exemple. Le
Lynx d'Europe (felis Lynx) ou loup cervier
des chasseurs, mesure jusqu'à 1 mètre 50 de la
tête à la queue; fort rare aujourd'hui il ne
craint pas dans certaines circonstances d'attaquer l'homme; on n'en signale plus dans les
Cévennes. Cependant Buffon qui examina la
Bête que tua Chastel la déclara tout simplement Loup ; allez donc contredire M. de Buffon.

Il est assez surprenant que des gens occu-
pant de grandes charges dans l'Etat aient
accepté si facilement l'hypothèse d'un animal
renouvelé de la Fable ; passe encore pour
Monseigneur de Choiseul par profession
ami du merveilleux mais que penser de l'Intendant du Languedoc, du Commandant de la
Province, des Comtes de Morangiers, d'Apcher
et de tant d'autres gentilshommes parfaitement persuadés qu'il s'agissait de combattre
une espèce de Chimère. Aujourd'hui on

serait plus incrédule, la Bête existerait qu'on n'y croirait point.

Le souvenir de la Bête du Gévaudan s'est maintenu très vif dans la Lozère. Il y a cinq ou six ans traversant avec quelques amis les solitudes arides du Causse de Sauveterre j'étais arrivé au bord du Tarn dans la pittoresque petite ville de Sainte-Enimie. Là, au milieu du vieux pont qui franchit la rivière un vieil homme et une vieille femme, entourés d'auditeurs attentifs, chantaient à l'unisson une complainte sur la Bête du Gévaudan. Du bout d'une baguette l'homme montrait un des épisodes qui, se déroulant, reproduisaient sur une sorte de tableau les différents exploits de la Bête. La mémoire du Pape Urbain V, illustration du Gévaudan, est bien oubliée aujourd'hui; la Bête jouira toujours de la même célébrité. L'avenir est aux Bêtes et déjà le présent.

On ne saurait cependant confisquer toutes les gloires; M. Pellerin, chef de la grande maison de ce nom, auquel je me suis adressé, a eu l'obligeance et je suppose la confusion, de m'avouer que l'imagerie d'Épinal avait oublié la Bête du Gévaudan.

La Bibliothèque Nationale possède dans sa *réserve* un volume composé de pièces d'origines différentes *concernant la Bête féroce du Gévaudan*.

On y rencontre des portraits de la Bête qui ressemble tantôt à un caméléon, tantôt à un crocodile, tantôt à une hyène. Le volume se termine par un poème sur la *Bête monstrueuse et cruelle du Gévaudan*. En voici le sommaire : Exposition des fureurs de la Bête. — Digression très curieuse sur la fête de la Gargouille qu'on célèbre à Rouen. Réflexions sur la galanterie qui semble régner dans les démarches de la Bête du Gévaudan et sur son détestable abord. — Portrait dudit monstre. — Réflexions utiles sur la cherté du bois qu'il occasionnne. — Descriptions des chasses où on a manqué la Bête. — Projet intéressant de faire un beau miracle à l'encontre de cette Bête.

(Il n'épargnerait pas la fille d'un grand prince) dit dans son quatrième vers le poète parlant du monstre; et l'éditeur dans une note au bas de la page porte ce jugement : « Ce vers peint merveilleusement la férocité et pour ainsi dire l'impolitesse du monstre. » Ce poème se soutient d'un bout à l'autre. L'auteur appelle la Bête un *loup garrou* et l'éditeur immédiatement d'ajouter une nouvelle note : *animal singulier que M. de Buffon a oublié*

par malheur dans son histoire naturelle,
voyez l'histoire de M. Ouffle.

M. Ouffle ira à la postérité avec la Bête du
Gévaudan.

Je ne terminerai pas cette monographie
sans accorder un souvenir à un ancêtre de la
Bête du Gévaudan, au terrible *Léopard de la*
Bourgogne qui eut son heure de célébrité. Cet
animal fut expédié d'une arquebusade dans
les reins par un moine courageux.

La chronique manuscrite du couvent de
Saint-Vivant-de-Vergy, commune de Vergy
(Côte-d'Or) lui consacre la note marginale que
voici :

« En l'an 1545, Dom Odiz Lécrivain, religieux
» de Saint-Vivant, tua au bois de Chevigny, au
» lieu dit *Les trois vies*, une bête sauvage et
» étrange, très cruelle, appelée un Léopard,
» laquelle tuait et dévorait plusieurs personnes
» tant hommes que femmes *que autres* allant
» par pays et gardant leurs bestiaux par les
» champs et d'autres grandement navrés et
» défigurés de leurs membres, ce qui donna
» sujet à MM. les Élus des états du pays de
» faire publier partout que quiconque tuerait
» ladite bête il en serait récompensé, telle-
» ment que ledit Odin qui tua ladite bête avec
» une arquebuse en fut récompensé de 6 écus

» et fut trouvé que c'était un loup mâle,
» autrement loup garrou, ce qui se dit en latin
» *veneficus anthropophages.*»

Six écus de récompense pour le *Léopard de
la Bourgogne*! Ah! tout a bien renchéri.

FÊTES TOSCANES

LE SCOPPIO DEL CARRO A FLORENCE
LE PALIO DE SIENNE

LE SAMEDI SAINT A FLORENCE [1]

Lo Scoppio del Carro

Ce n'est point seulement pour notre inquiétante fin de siècle, pleine de vagues promesses et de menaces peu voilées, qu'a été créée l'expression : *le malaise des nations*.

Le XIᵉ siècle s'achevait dans un trouble général quand Grégoire VII conçut et Urbain II organisa la première Croisade.

En Angleterre, la noblesse était révoltée contre Guillaume le Roux qui parcourait son royaume à la tête d'une armée de mercenaires de toutes provenances, dont le passage était

[1] *Revue encyclopédique*, 9 avril 1898.

marqué par le meurtre, l'incendie et la ruine des récoltes. En Allemagne, la querelle des investitures, à son début, partageait le Saint-Empire en deux camps. Henri IV, les évêques, les ducs et les princes luttaient sans relâche, pressurant les peuples, dépouillant les bourgeois ; la terre restait inculte, le commerce sans sécurité, les villes libres sans échanges.

La France n'était guère mieux partagée. La conquête de l'Angleterre si récente, son riche butin, ses terres plantureuses venaient d'éveiller d'ardentes convoitises ; ceux qui n'avaient pu traverser le détroit étaient tout prêts pour les expéditions lointaines. Il y eut chez nos premiers Croisés beaucoup de ce sentiment de cupidité curieuse que le Clergé sut habilement exploiter.

D'un autre côté, rien n'était moins enviable que le sort des trafiquants dévalisés sur les chemins par les hommes d'armes de Philippe Ier, des gens des villes écrasés par les redevances à leur seigneur, des hommes de la glèbe, troupeau humain sans droit bien reconnu à l'existence. Un tel pays devait être, fut de ceux qu'on abandonne sans regret, sans esprit de retour. Les Francs formèrent les quatre cinquièmes des Croisés.

En Italie les petites Républiques, enga-
gées dans le grand conflit du Pape contre
l'Empereur, suivaient des bannières enne-
mies et se combattaient avec acharnement.
Les villes mêmes se divisaient en factions ; il
n'était citadin, artisan ou laboureur qui ne
coiffa le morion et ne mania l'épée.

Ce tableau sommaire de l'état de l'Europe,
à la fin du xie siècle explique avec la foi reli-
gieuse, si profonde alors, le grand mouve-
ment qui précipita l'Occident sur l'Orient.

. . . .

En 1099, lorsque les Croisés assaillirent et
prirent Jérusalem, les Italiens, au nombre de
deux mille cinq cents qui montèrent à l'as-
saut, avaient pour chef Pazzo, de la noble
famille des Pazzi, qui fournit tant d'hommes
illustres à la Toscane. C'était un guerrier
d'une haute stature et d'un courage à toute
épreuve. Le premier il planta son étendard
sur les murailles de la Ville sainte et ses
prouesses avaient à ce point enthousiasmé
les preux chevaliers qui combattaient à ses
côtés que Godefroy de Bouillon lui ceignit
le front de la couronne murale, lui accordant
d'écarteler ses armes des cinq croix et des
trois dauphins de la maison de Bouillon, lui
octroyant, de plus, trois pierres provenant du

4

Saint-Sépulcre, pierres qui jouissaient du don
merveilleux de lancer des étincelles le jour
du samedi saint. Cependant le contingent
italien, ou du moins une partie, retraversa
les mers et Pazzo dei Pazzi fit à Florence
une entrée triomphale monté sur un char.

En mémoire des hauts faits de leurs compatriotes et de leur capitaine, les Florentins
instituèrent une fête populaire le jour du
Samedi saint. Un bûcher, dressé sur la place
du Dôme, était enflammé au moyen des
pierres du Saint-Sépulcre ; c'était alors en
Orient et ce l'est d'ailleurs encore dans
nombre de localités, une coutume d'allumer
des feux de joie la veille de Pâques.

Voilà, telle qu'elle existe encore pour les
gens simples, la légende du *Scoppio del carro*.

Je n'ignore pas que les esprits chagrins
refusent toute créance à ma légende ; *Jean
Villani* l'observateur florentin, qui n'est pas
tendre pour ses compatriotes ; *Marietta de
Ricci*, *Malespini* et bien d'autres annalistes ou historiens s'élèvent énergiquement
contre elle. Je sais tout cela mais je ne veux
pas les entendre. Les critiques me font l'effet
de ces enfants qui cassent un précieux jouet
pour voir ce qui est dedans et n'y trouvent
que son et monture grossière. A quoi bon

soulever brutalement leur vêtement charmeur
et léger. Je suis très opposé au sentiment de
Michelet qui appelle les légendes le *chien-
dent de l'histoire;* elles sont comme les rois,
elles s'en vont, sauvons les dernières.

Depuis bien des années, la fête du Samedi
saint n'est plus tout à fait ce qu'elle était à
son origine. Hélas ! les trois pierres miracu-
leuses ont vieilli, leurs feux sont éteints ; il a
donc fallu modifier un peu les détails de la
cérémonie.

Du grand autel de Santa-Maria del Fiore
part un câble léger qui aboutit à un bûcher
dressé en face de la grande porte de l'église.
Ce câble sert de guide à une colombe qui,
mise en mouvement chargée d'artifices allu-
més à l'intérieur de l'église va incendier le
bûcher. Ce bûcher est une reproduction plus
ou moins fidèle du char de Pazzo dei Pazzi.
En tout cas, c'est bien la copie exacte du char
que par ordre de la Seigneurie construisit,
vers 1100, maître Andréa, charpentier au
pont della Carraia, char qui tient du cata-
falque et du lutrin.

Il portait sur une de ses faces cette inscription :

« Ce char sera, à l'anniversaire de chaque
» Samedi saint, transporté sur la place de

» Santa-Reparata par quatre bœufs cornés,
» ornés de branches d'oliviers et de rubans,
» afin d'assister à une messe pendant laquelle
» une colombe fera éclater des bombes four-
» nies par la commune en l'honneur de la
» religion et de Pazzo dei Pazzi. Celui qui
» lui causera dommage ou lui infligera dégra-
» dation sera saisi par les gardes de l'auto-
» rité et recevra cinq coups de corde. »

Ainsi se trouve justifié le nom de cette fête populaire, *lo Scoppio del Carro* (l'éclatement du char). Colombe et Char sont des trouvailles charmantes : ce qu'anime le goût florentin est toujours aimable.

Aujourd'hui, veille de Pâques, le ciel est pur et la tramontane souffle fraîchement ; c'est pour ce temps que les Toscans ont créé cette expression qui dans leur bouche revient si souvent : *tira vento*. Le vent et la poussière sont, en effet, les deux plaies de Florence.

Neuf heures : me voici dans la petite église des Saints-Apôtres. Devant le maître-autel, entouré de son clergé, le Parrocco s'apprête à tirer des pierres du Saint-Sépulcre le feu sacré ; c'est l'obligeant prieur Giovanni Battista Ristori. Dans une aumônière de soie il puise une pierre, la frotte contre un briquet,

enflamme un morceau d'amadou puis une
mèche soufrée avec laquelle il allume une
petite lanterne. Cette lanterne surmonte une
sorte de crosse en cuivre et en fer à double
volute, fort ouvragée et de l'époque de la Re-
naissance.

J'ai eu dans les mains, j'ai pesé cette pierre
et les deux qui l'accompagnent ; ce sont
des silex pyromaques communément appelés
« pierres à fusil ». Assurément elles n'ont
point été prises dans le revêtement du Saint-
Sépulcre mais probablement dans le sol
rocailleux qui jadis l'entourait. On ne peut
nier qu'une certaine déception n'accom-
pagne d'aussi pauvres moyens, la bonhomie
italienne dans les choses de la religion s'y
montre dans sa simplicité. Personne parmi
les assistants ne semble s'étonner de ce que
les pierres du Saint-Sépulcre soient de vul-
gaires cailloux et qu'il faille les battre ferme
et longtemps pour en tirer le feu divin.

Alors un petit cortège se forme et grossi
pendant son trajet se dirige vers le Dôme où
il apporte la flamme qui, devant les autels,
brûlera toute l'année.

Déjà le Dôme est plein de fidèles, de
curieux, d'étrangers feuilletant leur guide ;
on cause, on mange, on s'agite. Devant le

4*

chœur, fermé de glaces où siège le clergé,
s'élève un mât surmonté d'une colombe qui
tout à l'heure, enflammée par un artifice
pyrotechnique, s'élancera le long du câble-
guide pour aller embraser le char amené sur
la place de la Cathédrale. Un aimable cha-
noine, Monseigneur Mori, m'avait gracieuse-
ment offert de me caser dans la tribune des
orgues d'où j'eusse pu à merveille assister aux
différentes phases de la cérémonie. Préférant
le spectacle populaire que présentait la foule
tassée en cet espace qui s'étend au pied de
Santa-Maria del Fiore, j'usai des bons offices
du très courtois chevalier Adolfo Gianelli
chef du cabinet du syndic, auquel j'étais
redevable du privilège envié d'avoir accès
dans l'exquise loggietta du Bigallo, accès
au surplus peu facile. J'y pus cependant pénétrer sans avoir à passer par cette série de
combats singuliers que n'eussent pas manqué
de me livrer, en France, tous les gens dé-
rangés.

Précisément à ce moment le cardinal-ar-
chevêque se rendant au Dôme sort du bap-
tistère où il a béni l'eau lustrale. C'est un
petit vieillard encore vert, sans grande mine;
il marche allègrement au milieu de la pompe
liturgique; un prodigieux concours de cha-

noines, de diacres, de sous-diacres et de lévites le suit.

Il continue à ne pas faire chaud dans la loggia où nous sommes une vingtaine de favorisés. La place est littéralement comble, piquée et égayée des notes rouges, jaunes, vertes des costumes. Nombreuses sont les contadines venues avec leurs maris ; il s'agit de constater *de visu* si le char éclatera avec succès et si la colombe exécutera régulièrement son trajet d'aller et retour, car de la réussite de ces deux opérations dépend la richesse des moissons : c'est pour le populaire un horoscope infaillible.

Une feuille volante, le *Ricordo di Firenze*, qu'on vend dans la foule, contient une conversation supposée et supposable de deux contadini :

« Eh ! Domenico, vous y êtes donc venu, » vous aussi ? — Oui, Antonio, ma foi, oui ; » j'avais des douleurs et des crampes, mais » malgré tout il m'a fallu venir ici moi » aussi. Et savez-vous, mon Alexandra, elle » ne voulait à aucun prix de mon absence. » Mais j'en ai eu raison, je lui ai dit : Ecoute, » Alexandra, la taille de la vigne est faite, la » terre n'est pas sèche, les bœufs ont eu leur » ration d'herbe, l'âne est si fatigué d'hier

» soir que je ne sais comment il a pu revenir
» du moulin et j'ai pourvu à tes besoins
» comme à ceux des bêtes, j'irai là-bas et
» reviendrai de suite ; si ça ne te vas pas,
» tant pis.

　　» — Vous avez bien fait. Espérons que la
» colombe glissera bien, autrement ce serait
» un grand malheur. Savez-vous que j'ai em-
» prunté sur la récolte de cette année ?

　　» — Ayons bon courage, bien que le curé
» dise que nous sommes tous damnés et ne
» méritons absolument rien.

　　» — Ecoutez, Domenico, je sais que le curé
» dit cela, mais, bah ! Mon père me disait :
» Antonio, si la colombe va bien la récolte
» ne manquera pas, si elle va mal, pauvres
» nous ! »

Midi moins le quart : la foule s'émeut, oh !
légèrement ; ce n'est pas sans raison qu'on a
quelquefois appelé les Florentins les Anglais
de l'Italie. Enfin comme un bruit de poulie
traverse les airs et la colombe sortant de
l'église touche au char pour rentrer dans le
Dôme aussitôt. Cependant, si court qu'il ait
été, le contact de la colombe a enflammé le
char. Ses quatre faces font feu à la fois, les
détonations emplissent la place qu'une fumée
épaisse obscurcit. Ce n'est plus un inoffensif

lutrin, c'est un vaisseau de haut bord qui se
ceinture de mitraille ; puis un peu de calme
et voici que, grâce à la collaboration discrète
d'un pompier, la canonnade reprend de plus
belle. Moi je suis parfaitement satisfait et
j'estime que Contadins et Contadines doivent
l'être aussi. Eh bien ! je me trompe, autour de
moi les dilettantes restent froids. Si la colombe
a bien volé le char a tonné avec de fâcheuses
interruptions ; allons, ce ne sera pas encore
une des années des sept vaches grasses.

Petit à petit les masses s'écoulent ; des
bœufs attelés au char l'emmenent au Canto
dei Pazzi où la cérémonie se terminera par
l'explosion des dernières pièces d'artifice.

Je regagne mon logis par la via Cavour.

Devant moi chemine un couple qu'a dû
conduire à la ville le souci des champs : la récolte sera-t-elle bonne ou mauvaise ? Côte à
côte ils marchent silencieux, l'homme portant en équilibre sur l'épaule gauche un manteau rouge bordé de renard. Au coin d'une
rue la femme s'arrête un instant et baise la
glace qui protège une madone, l'homme se
signe ; tous deux poursuivent leur route.

Tandis que le protestant lit, interprète,
commente les Écritures, raisonne l'irraison-
nable et est en quelque sorte son propre pas-

teur le catholique italien se refuse formelle-
ment à tout examen ; la scolastique n'est pas
son fort ; de bonne composition, façonné,
rompu à la discipline, depuis 2,000 ans à la
source même de l'inconséquence, il accepte
ce que ses ministres lui enseignent, tant pis
pour eux s'ils l'induisent en erreur.

Sacchetti, cité par Perrens, rapporte une
anecdote qui peint à merveille cet état d'âme :

Vers 1291, on fit venir à Florence, de
Pouille où le corps était enseveli, un bras de
santa Raparata.

On le recevait avec de grandes cérémonies, on l'exposait durant plusieurs années à
la vénération des fidèles le jour où on célébrait la fête de la sainte et à la fin des clair-
voyants s'apercevaient et informaient les cré-
dules que ce bras était de bois.

On rit un peu mais on garda le bras.

Il faut remarquer que dans cette fête du
Scoppio del Carro, le Saint-Esprit, dont la
colombe est l'emblème, joue un rôle capital.
Ce pauvre Saint-Esprit est d'habitude si né-
gligé que c'est avec une réelle satisfaction
qu'on le voit, pour une fois surgissant de l'oubli, s'affirmer au clair soleil de Florence.

Florence, avril 1897.

LE PALIO DE SIENNE [1]

Après la sanglante bataille de Montaperti
(1260), lorsque l'Arbia eut retrouvé la pureté
de ses eaux, les Siennois, pour perpétuer le
souvenir de leur prodigieux succès, instituèrent des jeux annuels appelés Géorgiens
du nom de Saint-Georges qu'ils avaient si
heureusement invoqué avant d'en venir aux
mains. Ces jeux qui étaient des combats à
armes courtoises livrés devant le peuple sur
le parvis de l'église de Saint-Georges, durè-
rent environ dix ans au bout desquels, en raison
des bonnes relations renouées avec Florence,
ils furent remplacés par des parties de ballon

[1] *L'Illustration*, 26 août 1899.

— quelque chose comme notre foot-ball actuel
— jouées par les habitants partagés en deux
troupes.

Plus tard au ballon succédèrent des courses
de taureaux et enfin en 1656 des courses de
chevaux qui subsistent encore de nos jours et
constituent le Palio (du latin *Pallium*, pièce
d'étoffe remise au vainqueur).

Le Pallium était jadis le symbole de la puissance souveraine au cours des cérémonies
papales. Le premier cardinal diacre en revê-
tait le successeur de saint Pierre. En pronon-
çant ces paroles sacrées: « Reçois avec ce
vêtement la plénitude de ton pouvoir », il lui
entourait le cou d'une bande de laine blanche,
large de trois doigts, chargée de croix noires.
On se servait pour la fabriquer de la laine de
deux agneaux offerts au Pape, le jour de la
fête de sainte Agnès, par les religieuses vouées
à son culte (1). Par analogie, le Palio de Sienne

(1) En faveur de sainte Agnès, on bénit dans l'église
de ce nom de petits agneaux, de la toison desquels le
Pape fait faire le Pallium. On les donne à élever à
certaines religieuses qui en ont autant de soin que les
Visitandines de Nevers de leur perroquet. Malgré
cela, les Palliums sont fort rares cette année (1740)
parce que les pauvres bêtes sont mortes de la clavelée.
                    (Le président de Brosses en Italie.
                    Lettre à M. Quintin.)

est le symbole de la puissance momentanément conférée par la victoire : c'en est du
moins l'illusion.

Un palio analogue à celui de Sienne était
celui de Rome. Le prix de la Course du Corso
fut longtemps une bande d'étoffe fournie par
les drapiers du Ghetto et portant le nom de
Palio. Un homme monté sur le cheval qui
l'avait gagné, car les chevaux couraient sans
cavaliers, le promenait dans la ville planté au
bout d'une pique, au son des trompettes.

Le Palio de Sienne se courait le 15 août,
mais déjà le 14 la cité était en fête.

Dans la matinée, la Seigneurie, précédée de
ses massiers et de ses sonneurs de trompe,
suivie des magistrats de la République, sortait
du Palais et se dirigeait vers la cathédrale ;
ensuite venait le *Carroccio* pris aux Florentins
surmonté du Palio destiné au vainqueur de
la course. Ce Carroccio était l'orgueil de la
République Siennoise, le signe de l'humiliation
durable et profonde de la Toscane ; il figurait
une estrade montée sur quatre roues, traînée
par deux bœufs dont les harnais ainsi que les
tapis qui couvraient cette machine étaient
rouges. Sur ce char, se dressaient deux grands
mâts peints également en rouge en haut desquels flottaient des étendards aux armes de

Florence. Lorque les Florentins avaient déclaré la guerre à quelques-uns de leurs nombreux ennemis, trente jours avant d'entrer en
campagne, on plaçait le Carroccio au milieu du
vieux marché en le confiant à la garde de ce
qu'il y avait de plus vaillant et de mieux
aguerri dans la milice. Entre les mâts était
suspendue une cloche nommée la Martinella,
dont le tintement se faisait entendre jours et
nuits pendant l'exposition du Carroccio; c'était
l'avertissement des luttes prochaines, le *sursum
corda* des citoyens. Quand l'armée se mettait
en marche, le Carroccio s'avançait au milieu
d'elle et au camp le son de la Martinella indi-
quait et transmettait tous les détails de la discipline militaire. Il avait été chaudement
défendu à Montaperti, bien des braves avaient
arrosé ses marches de leur sang. Jacopo del
Vacca était tombé au pied de ses mâts soute-
nant l'honneur des Uberti contre cet autre
Uberti, le traître Farinata. Le chevalier Tor-
quinci, âgé de soixante-dix ans, doyen du
parti Guelfe, sonnait la Martinella pendant la
bataille ; un coup de hache lui coupe la main
droite, il sonne de la main gauche jusqu'au
moment où il est tué ; son fils le remplace, il
tombe percé de mille coups, alors son petit-
fils, montant à l'autel du sacrifice, fait tinter

la cloche et son corps recouvre bientôt ceux du père et de l'aïeul.

Je le dis avec orgueil : notre histoire peut enregistrer d'aussi beaux traits. A la bataille de Loigny, M. de Verthamon, blessé à mort, laisse échapper de ses mains défaillantes la précieuse bannière des zouaves pontificaux ; le comte de Bouillé la relève ; renversé sur le sol, il la remet aux mains de son fils ; lui aussi tombe bientôt ; son beau-frère s'en empare jusqu'à ce que, frappé à son tour, il la confie toute sanglante au marquis de Traversay. L'étendard fut sauf, l'honneur aussi.

Après le Carroccio venaient les drapeaux de la Cité, du Peuple et des Milices, les Seigneurs, les Recteurs étrangers, les Conseillers, les Officiers de la Commune, ceux du Palais ; tous portant à la main des cierges de trois à quatre livres, entièrement dorés, artistiquement travaillés, gravés de devises pieuses. Ces cierges servaient d'offrandes surtout à la Saint-Jean. Ils étaient peints : au dire de Vasari Perino del Vaga, à ses débuts, en illustra pour de modiques sommes. Un peu après, suivaient les Compagnies et les Paroisses. Tout ce monde s'engouffrait dans l'église pour prier en commun et verser une offrande.

Le lendemain, défilaient les processions de campagnards et d'artisans, puis les Barons ayant prêté hommage à la commune, les Receveurs des tailles, les Consuls des terres sujettes, appelés par un hérault du haut de la chaire de marbre qui se trouvait à l'entrée du dôme. Défilaient encore les comte de San Fiora et de Campiglia, les Ardengheschi, possesseurs de nombreux vassaux, les Pannacchieschi et bien d'autres, dans leurs brillantes armures. Enfin, s'avançaient humblement les gens d'Ascanio et de Montalcinella, les Bénédictins de l'Amiata, les Consuls de Montepulciano et de Grossetto ; le Temple les recevait, petits et grands, bien plus pour attester la puissance de Sienne que pour invoquer Dieu.

Le soir, la ville s'illuminait : à travers les créneaux de la tour Del Mangia de grosses torches projetaient une lumière rougeâtre et sur le lointain Montamiata on incendiait un bûcher élevé dont les flammes étaient visibles de la Seigneurie. Encore aujourd'hui, dans la soirée du 14 août, sur les collines qui entourent Sienne et jusqu'au sommet de l'Amiata, on allume des feux de joie, lumineux et fugitifs souvenirs des anciennes coutumes.

Le voyageur pénétrant dans Sienne par la porte Camollia suit la voie Cavour qui aboutit à la piazza del Campo. C'est sur cette place, légèrement évidée en forme de conque, que le 2 juillet et le 15 août se court le Palio.

La veille de la fête, car cette course est une fête populaire et renommée, on élève autour de la place de solides gradins et on aménage une piste circulaire artificielle ; en même temps on procède à l'examen des chevaux engagés avant de tirer au sort dans une urne de cristal (prudente et sage mesure), les bêtes qui seront attribuées à chacune des *Contrades*. Ces associations très anciennes, formées par quartiers, en vue du Palio, sont au nombre de dix-sept : l'Aigle, la Chenille, la Chouette, l'Escargot, le Dragon, la Girafe, le Porc-Epic, la Louve, le Mouton, la Coquille, l'Oie, le Dauphin, la Panthère, la Forêt, la Tortue, la Tour, la Licorne, ayant chacune leur capitaine, leur secrétaire, leurs pages et leur bannière avec leurs armes. Le clergé bénit le Palio destiné à la Contrade victorieuse.

C'est un riche étendard décoré de l'image de l'Annonciation peinte en 1221 par Guido de Sienne ou de la Madone vénérée de l'église collégiale de Provenzano.

Mais nous voici au jour même de la fête ; sur les gradins, aux fenêtres, sur les balcons, les toits, les terrasses, au faîte des tours,

aux étroites lucarnes des maisons se pressent
les spectateurs. Partout des drapeaux, dans
tous les groupes d'étonnants costumes, des
cottes de maille, des pourpoints de velours
ou de soie ; des capitaines à cheval dans de
magnifiques armures fendent la foule et
comme des pâquerettes dans des prés bariolés,
se détachent gaîment les chapeaux de paille
d'une pure blancheur des femmes de la campagne. A tout cela les vieux palais de la place
forment un cadre incomparable que domine
la tour élancée Del Mangia.

Un défilé s'organise : les jockeys à cheval,
vêtus des couleurs de leur Contrade, accompagnés de l'état-major de ces mêmes Contrades,
précédés des autorités locales, font le tour de
la piste ; ils se rangent ensuite devant une
corde tendue, point de départ.

Le signal en est donné ; ils partent, ils
volent et la cravache fait son office dès la
première foulée ; c'est un terrible parcours qui
ne s'effectue jamais sans chutes. Pendant ce
temps, le délire de la foule surpasse toute idée;
ce ne sont plus que vociférations, malédictions
ou exhubérantes adjurations à saint Antoine
qui semble jouir à Sienne d'un crédit particulier. Cependant les trois tours de piste sont
accomplis, un coup de canon retentit, le Pal-

lium est gagné. Immédiatement le vainqueur est démonté, embrassé, porté en triomphe et présenté aux juges qui lui remettent le drapeau conquis. Aussitôt un nouveau cortège de la Contrade victorieuse avec bannière, tambours, trompettes, se rend à l'église de Provenzano, où a pénétré également le cheval gagnant, pour rendre grâce à la Madone et de là tous vont au siège de l'Association célébrer leurs succès dans un banquet en plein air qui ne cessera qu'au grand jour.

Au hasard d'une promenade vagabonde, par des rues grimpantes, poussiéreuses, malaisées, je parcours la ville ; devant moi chemine un char traîné par deux bœufs que couronnent des cornes extravagantes ; il me conduit à cette cathédrale dont rien ne surpasse, rien n'égale la beauté. Là, dans la fraîche tranquillité de la sacristie, aux pieds de ses trois grâces enlacées, plus nues qu'Hassan, je suis saisi d'un souvenir. C'est ici que Montluc, entré dans Sienne, jura de ne point capituler.

Eh quoi ! rien de Montluc dans cette cité ; point de statue, point de buste, nul médaillon, aucune inscription commémorative ; il semble qu'il méritait autre chose qu'un pareil oubli :

j'eusse désiré voir sur un pan de rempart ou
de muraille le masque, non point du farouche
blessé, de cet homme de carnage, — bien qu'au
demeurant il ne fut point plus féroce qu'un
autre, mais tout simplement un homme de son
époque, — qui, rendu camard par des blessures
effrayantes, était réduit à cacher, sous un morceau de suaire, l'horreur de sa gloire, mais du
partisan jeune, beau, hardi, indomptable.

C'était en 1555, Henri II, appelé par les
Siennois et ne pouvant leur fournir des secours, leur avait envoyé Montluc.

Le vaillant soldat fit des merveilles mais
tomba malade. Il était bien bas, enfiévré, sans
forces, réduit à l'ordinaire des gens de guerre
qui mangeaient des mauves et des orties
assaisonnées avec l'huile des lampes des églises.
Ceux de Sienne se confiaient secrètement que
le Gouverneur, qui était l'âme de la résistance,
n'en avait plus que pour peu de jours et que
lui mort il faudrait se rendre à discrétion.
Le Capitaine du peuple, les douze Conseillers
et les huit de la guerre se réunirent à la
Noblesse et aux Bourgeois de la ville qui
étaient du Conseil, pour délibérer sur l'oppor-
tunité d'une reddition.

Alors Montluc courut au Palais pour enrayer
leur dessin et cherchant, en homme avisé, à

rendre à tous une confiance ébranlée, il leur présenta un tout autre homme que celui qu'on supposait.

« Je me fis, » dit-il, dans ses *Commentaires* qu'Henri IV appelait : Le Bréviaire des gens de guerre, « bailler des chausses de velours cramoisi que j'avais apportées d'Albe, couvertes de passements d'or, fort découpées et bien faites, car au temps de leur confection j'étais amoureux ; nous étions alors de loisir en notre garnison et lorsqu'on a rien à faire il faut se donner aux dames. Je pris le pourpoint tout de même, une chemise de soie cramoisie ouvrée de filets d'or, bien riche (en ce temps-là on portait les collets de chemises un peu rabattus) ; puis je mis un collet de buffle avec le hausse-col de mes armes qui était doré. Comme je portais gris et blanc pour l'amour d'une dame de qui j'étais serviteur quand j'en avais le loisir, j'avais un chapeau de soie grise fait à l'allemande avec un grand cordon d'argent à deux doigts et des plumes d'aigrette argentées ; les chapeaux, en ce temps-là, ne couvraient pas grand comme ils font à cette heure. Pour me vêtir un casaquin de velours gris garni de petites tresses d'argent à deux doigts l'une de l'autre, doublé de toile d'ar-

5*

gent et découpé entre les tresses, lequel j'avais porté en Piémont.

» Or, avais-je encore deux petits flacons de vin Grec (1), de ceux que Mgr d'Armagnac m'avait envoyés; je m'en frottai un peu les mains et m'en lavai rudement la figure jusqu'à ce qu'elle eut pris quelque couleur rouge ; en bas, j'en bus trois doigts en mangeant un petit morceau de pain, puis me regardai au miroir. Je vous jure que je ne me reconnais pas moi-même : il me semblait que j'étais encore en Piémont, amoureux comme je le fus. Je ne pus me contenir de rire, me semblant que subitement Dieu m'avait donné un autre visage. »

Ainsi ragaillardi, il ragaillardit les autres; la défense s'en trouva prolongée de 6 mois : le siège en dura 18.

Et je me disais avec une certaine mélancolie que le silence des peuples n'est point seulement la leçon des rois mais bien souvent une leçon d'ingratitude.

Les Siennois ont d'ailleurs grandement raison d'être fiers de leur fête presque nationale ; outre son antique origine d'où découlent nombre de glorieux souvenirs, elle est réellement intéressante par le cadre, les cos-

(1) De vin de Samos, probablement.

tumes et la cordialité fraternelle qui, ce jour-
là, des petits et des grands forme une même
famille. L'esprit le plus malveillant ne trouverait à relever ni ce désordre inhérent à tant
de fêtes populaires ni fautes de goût dans la
mise en scène. On y court non seulement de
la Toscane, mais de tous les coins de l'Italie;
le roi et la reine y assistèrent il y a deux ans. Et
pourtant quel soleil! pourquoi placer en pleine
canicule ces assemblées qui gagneraient tant
a être tenues par une température modérée.
Il faut se figurer ce que peut être la Piazza
del Campo à 16 heures (4 heures de l'après-
midi) à la mi-août ; c'est quelque chose de
fabuleux. Mais les Siennois sont là-dedans
comme le poisson dans l'eau et, après tout,
c'est leur affaire.

Sienne, août 1889.

CARNET DE ROUTE

d'un Officier d'Artillerie

(1812-1813)

CARNET DE ROUTE

d'un Officier d'Artillerie [1]

(1812-1813)

J'ai rencontré au milieu de nombreux papiers de toute sorte provenant d'un vieil
oncle qui dirigea mon enfance et fut pour
moi comme un père, un petit volume aux
trois quarts rempli de notes assez mal écrites,
rédigées à la hâte, sans souci de style ni

(1) Souvenirs et mémoires. *Recueil du 15 février
1899.*

recherche de l'effet. C'est son carnet de route pendant la campagne de Russie.

Ces notes prises au jour le jour n'offrent qu'un intérêt relatif. L'auteur n'est point mêlé aux événements retentissants qui l'entourent; il ne va pas à Moscou, il ne passe pas la Bérézina ; chargé de faire sauter l'arsenal de Vilna il n'attache pas son nom à cette grave mesure, les Cosaques en préviennent l'exécution. Rien par conséquent du surhumain qu'on rencontre à chaque page chez Marbot, chez Thiébault et généralement chez nos annalistes militaires. Cependant je n'hésite pas à publier ces très courts souvenirs d'un lieutenant d'artillerie : ils nous donnent, en effet, un tableau parfaitement fidèle de ce que j'appellerai familièrement le petit train-train d'un officier de la Grande Armée en garnison russe et de ses souffrances pendant la retraite. C'est un journal de marche rigoureusement tenu jour par jour, avec des dates précises, des noms propres exacts, un itinéraire fidèle, des faits vus, enregistrés tels qu'ils se présentaient et sans la moindre amplification hasardée.

Lorsqu'il fut envoyé à son corps Jacquemont sortait de l'Ecole d'Application où il avait passé dix mois après ses deux années d'Ecole Polytechnique. Bien qu'il n'eut que

vingt ans il possédait déjà cette tranquillité
d'âme, ce flegme de famille qui caractéri-
saient son père l'Idéologue et chez son frère
le voyageur devaient captiver les Anglais.
Voyant les choses comme elles étaient, les
jugeant sans préventions, il les rapporte avec
une entière simplicité. Son carnet est dé-
pourvu de commentaires, d'appréciations, de
tout *thème personnel*, même de plaintes. A
Magdebourg, en mars 1813, on réorganise
l'artillerie, on comble avec les cohortes arri-
vées de France les vides de sa compagnie ; il
se borne à cette observation : « Elle comptait
beaucoup de manquants ». N'est-ce pas en
deux mots l'histoire de la Grande Armée ?

A quelque temps de là il était fait prisonnier à Dresde.

Lieutenant à 20 ans, capitaine à 22, Porphyre Jacquemont fut oublié dans ce grade
par la Restauration pendant 21 ans. Il prit
par anticipation sa retraite comme colonel,
renonçant aux étoiles qu'il eût obtenues cer-
tainement. Il était officier de la Légion d'honneur et chevalier de Saint-Louis.

Le carnet de route relate des noms qui
m'ont été familiers dans ma jeunesse :

Vieillard devint précepteur de Napoléon III à
Arenenberg et plus tard sénateur de l'Empire.

Le colonel Lebrun, amputé d'une jambe, exerça longtemps les fonctions de directeur du Musée d'Artillerie à la place Saint-Thomas-d'Aquin.

Morlot démissionnaire, se fit armateur au Havre qui le fit député en 1848. C'est dans sa propriété de Villeneuve-Saint-Georges que P. Jacquemont mourut en 1854.

Le chevalier Noizet de Saint-Paul, cousin germain de Jacquemont, fut retraité colonel d'artillerie. Plus de quarante années de guerres et d'écoles à feu l'avaient rendu à peu près sourd, ce qui ne l'empêchait pas d'être un abonné fidèle des Italiens.

Emon, aide de camp du maréchal Bessières, démissionnaire, vécut rentier à Paris jusqu'à un âge avancé.

Le temps fuit : nous ne sommes plus nombreux qui conservons les traits de ces hommes modestes, bons serviteurs du pays.

CARNET DE ROUTE

(1812)

Vilna, jeudi 1ᵉʳ octobre. — Partis de Kowno où nous avons traversé le Niémen le 24 juin, nous sommes arrivés à Vilna le

3 juillet 1812. Le tzar avait publié cette pro-
clamation affichée sur quelques murs et qu'on
a rapidement arrachée :

« Vilna, le 25 juin 1812.

» Depuis longtemps déjà nous avions re-
» marqué de la part de l'Empereur des
» Français des procédés hostiles envers la
» Russie ; nous avions cependant toujours
» espéré les prévenir par des moyens conci-
» liants et pacifiques. Enfin, voyant le renou-
» vellement continuel d'offenses évidentes,
» malgré notre désir de conserver la tran-
» quillité, nous avons été contraint de com-
» pléter et de rassembler nos armées. Mais
» alors encore nous nous flattions de parvenir
» à une réconciliation, en restant aux fron-
» tières de notre empire, sans violer l'état de
» paix et étant seulement prêt à nous défen-
» dre. Tous ces moyens conciliants et pacifi-
» ques ne purent conserver le repos que nous
» désirions. L'empereur des Français, en
» attaquant subitement notre armée à Kowno,
» a le premier déclaré la guerre. Ainsi voyant
» que rien ne peut le rendre accessible au
» désir de conserver la paix, il ne nous reste
» plus, en invoquant à notre secours le Tout-
» Puissant témoin et défenseur de la vérité,

» qu'à opposer nos forces aux forces de
» l'ennemi. Il ne m'est pas nécessaire de
» rappeler aux commandants, aux chefs de
» corps et aux soldats leur devoir et leur bra-
» voure ; le sang des valeureux Slavons coule
» dans leurs veines. Guerriers ! vous défen-
» dez la Religion, la Patrie et la Liberté ! Je
» suis avec vous ; Dieu est contre l'agresseur.

» ALEXANDRE. »

Nous avons pris le service de l'arsenal et
Sa Majesté nous y passa en revue. Je quittai
Vilna avec la 3ᵉ escouade de ma compagnie
le 28 juillet pour escorter un convoi de caissons jusqu'à Gloubokoë ; ce convoi était dirigé par M. le commandant Leroy. Entré à
Gloubokoë le 4 août, j'en suis sorti le 11 pour
revenir à Vilna le 17 avec un convoi de 37
caissons vides attelés de conias (1). J'ai vu
pendant mon séjour dans cette ville passer

(1) Conia ou cognia, en polonais, signifie cheval
et comme les chevaux en Russie sont de petite taille
on les distinguait des nôtres par le nom de conia. —
« Ces chevaux nains, très vigoureux, galopaient sur
la glace aussi facilement que d'autres sur l'herbe. »
Mémoires du général Lejeune. — « J'ai perdu en
Russie 241 chevaux de prix, sans compter les petits
cognias qu'on achetait alors 2 louis et qu'on perdait
deux jours après. » Mémoires du général Baron de
Dedem.

la promotion d'artillerie et du génie qui sortait de l'Ecole.

Je suis allé au bal chez le gouverneur comte Oguendorf.

Vendredi 2 octobre. — Le commandant Poirel me donna l'ordre de partir le lendemain avec ma compagnie. Je fus dîner avec Lebrun et Goussard chez le restaurateur français, puis nous allâmes au café de Milan où nous trouvâmes Le Rouge, de Viefville, Vieillard et Daniel ; après nous fûmes chez Esther (1) d'où nous sortîmes à minuit un peu en train avec Lebrun et Dufrayet qui revenaient de Polotsck où était le 2ᵉ corps ; Lebrun passait 1ᵉʳ lieutenant au 5ᵉ qu'il attendait à Vilna ; Dufrayer avec le même grade au 7ᵉ allait au siège de Riga. Bézault est à Villecomir où l'a envoyé le gouverneur.

Samedi 3 octobre. — Je me suis dirigé sur Smolensk avec 80 canonniers et sous-officiers de ma compagnie et de la 6ᵉ du 5ᵉ régiment, capitaine Bidot et Toitot lieutenant. Nous avions un convoi de 60 voitures attelées de bœufs et sommes sortis de l'arsenal à 4 heures du soir. Pendant que le convoi filait je suis allé dîner avec Lebrun, Le Rouge et de Vief-

(1) Cantinière de l'artillerie.

ville et nous rejoignîmes le convoi qui fran-
chissait les portes de la ville.

La tête du convoi a parqué à une lieu. Je
suis resté en arrière avec le capitaine qui a
rassemblé 6 voitures, lesquelles ont stationné
à une demi-lieue de Vilna ; les 3 dernières
sont demeurées devant la dernière maison du
faubourg. N'ayant pu m'y loger je fis placer
des sentinelles aux voitures et je retournai à
cheval en ville. Je trouvai Vieillard et Daniel
chez Esther ; elle me donna deux tartines de
beurre pour mon souper avec un verre de
rhum ; j'y restai jusqu'à 11 heures et couchai
chez Lebrun.

(Route). Dimanche 4 octobre. — Parti à
5 heures du matin, j'ai rejoint mes voitures
qui n'ont pu gravir la grande montagne de
sable voisine de Vilna. J'ai été chercher les
bœufs du capitaine avec lesquels je suis péniblement parvenu jusqu'à lui ; le parc au
complet nous continuâmes notre route jusqu'à Mieduiki terme de l'étape. Je restai
encore en arrière avec trois voitures au milieu d'un bois et passai la nuit à la belle
étoile.

Lundi 5, mardi 6, mercredi 7 octobre. —
Nous perdons chaque jour des chevaux
épuisés.

Jeudi 8 octobre. — Nous avons logé dans un village chez un baron où il n'y avait que deux dames et un juif.

Vendredi 9 octobre. — Nous logeâmes à Molodetschino, lieu de la 4e étape, chez des professeurs, moi chez un de mathématiques.

Samedi 10 octobre. — Couché à Radoch-kavitschi, lieu de la 5e étape, dans le malpropre Kartchma (cabaret) d'un juif.

Dimanche 11 octobre. — Couché à 3 lieues de Minsk, dans un beau château où se reposait un chef de bataillon; nous avons soupé avec le barine.

Lundi 12 octobre. — Arrivée à Minsk à 11 heures du matin. Le commandant Lair nous y a retenus; il a donné notre convoi à M. Barbey, capitaine de la 2e compagnie du 2e régiment qu'il a conduit à Smolensk.

Minsk, du mardi 13 au samedi 17 octobre. — Les rues de cette petite ville sont noires et sales. Bien qu'il y ait une multitude d'églises et de couvents, les juifs sont en majorité, dégoûtants, faisant tous les commerces et surtout l'usure.

Dimanche 18 octobre. — J'assistai à la messe militaire et le soir au bal chez le Gouverneur général.

Lundi 19 octobre. — Le capitaine Bidot

fut mis aux arrêts forcés par le Général gouverneur.

Mardi 20 octobre. — M. Toitot partit avec
30 canonniers, un sergent et un caporal de ma
compagnie et autant de la sienne pour aller
chercher des munitions sur la route de
Grodno.

Mercredi 21 octobre. — Je rencontrai
Munier en sortant de chez le commandant
Lair; il arrivait de Smolensk avec un aide de
camp du général Sébastiani, jeune polonais
qui lui avait offert une place dans sa voiture;
il me fournit l'état suivant :

Affaire du 7 septembre à Mojaisk, à 15
licues de Moscou.

Artillerie, tués et blessés :

1er corps	21	
3e corps	4	
4e corps	8	} 51.
Réserve de l'artillerie à cheval	7	
Artillerie de la Garde	11	

Ceux de ma connaissance qui étaient de ce
nombre sont :

Le capitaine Fradiel	
Lieutenant Cominet	
Lieutenant Vatrin	} tués.
Le grand Lanoue	
Tardu	

Courant .... ⎫
De Sainte-Aldegonde........... ⎬ blessés.
Salomon...................... ⎭

Trente généraux ont été tués, parmi lesquels MM. Caulincourt et Montbrun. Les Russes ont lutté avec acharnement et ont perdu plus de monde que nous mais nous avons été assez maltraités, particulièrement les cuirassiers. Le 1ᵉʳ bataillon du 61ᵉ régiment d'infanterie est resté sans un homme sauf dans une redoute (1).

Dufaure a eu la croix à Smolensk.

Du jeudi 22 au lundi 26 octobre. — Moscou a été brûlée aux trois quarts; elle était grande comme une fois et demie Paris environ. On y a trouvé beaucoup de munitions, du vin, des vivres et des magasins intacts.

Mardi 27 octobre. — Bézault écrivit une lettre au commandant annonçant des cosaques sur la route de Vilna.

Mercredi 28 octobre. — Les arrêts du capitaine Bidot sont levés. Le commandant

(1) Tous ces détails sont bien exacts avec cette réserve toutefois qu'ils s'appliquent à la bataille de la Moskova livrée le 7 septembre et non à l'affaire, d'ailleurs fort sanglante, de Mojaisk engagée quelques jours après.

6

Pauneau est arrivé pour remplacer le commandant Lair.

Jeudi 29 octobre. — Bézault arriva avec 45 voitures de paysan et 48 conias. On disait la route de Vilna interceptée et l'ennemi près de cette ville. Le gouverneur eut bien voulu prendre les chevaux destinés à la batterie du commandant Lair pour conduire des munitions au 2ᵉ corps, mais le commandant Pauneau lui donna des conias arrivés avec Bézault et il me fit monter la garde avec vingt canonniers et 8 fantassins pour garder ses chevaux. Le faux bruit s'est répandu que l'ennemi était près de Minsk.

(Route). Vendredi 30 octobre. — Le commandant Lair craignant qu'on ne lui prit ses chevaux nous fit partir pour Vilna avec 25 caissons d'obusiers. Je fut chargé de faire les logements. Nous allâmes coucher au même château qui nous avait reçus le 11 ; le chef de bataillon traînard y était encore; il y avait aussi un nain fort petit, âgé de 36 ans.

Samedi 31 octobre. — Nous avons couché à Radochkovitschi dans une auberge sur la place. Je m'étais informé, pendant la route, si l'ennemi était proche et j'eus toujours des réponses négatives. On nous avait dit que la veille on avait fait bivouaquer autour de

Minsk toutes les troupes qui s'y trouvaient.

Novembre, Dimanche 1ᵉʳ. — Couché à Molodetschino chez les professeurs, moi chez le même qu'en y passant précédemment. En route je rencontrai le maréchal Oudinot qui allait rejoindre le 2ᵉ corps. En arrivant, je trouvai le sous-préfet et le commissaire de Vileïka qui en étaient partis le matin parce qu'on leur avait dit que les Russes n'en étaient plus qu'à quatre milles poursuivant les Bavarois en fuite.

Lundi 2 novembre. — Logement dans le château où nous avions couché le 8 octobre. On y ramassa beaucoup de fourrage.

Mardi 3 novembre. — Nous avons pris des vivres en passant à Smorghoni et pendant ce temps nous déjeunâmes, Bézault, M. Bidot et moi avec le commandant Lair. Toutes les maisons sont en bois. Je partis ensuite pour faire le logement dans un village situé à 3 lieues de la ville. Les officiers s'installèrent chez un malheureux paysan qui avait le titre de baron ; il nous reçut parfaitement bien ainsi que toute sa famille très pauvre avec cependant un air de noblesse.

Mercredi 4 novembre. — Je rencontrai en partant Toitot avec ses deux détachements. Il avait laissé à l'hôpital de Minsk 2 canon-

niers de ma compagnie. Logement à Oschmiana pour tous les officiers chez un juif qui
habitait sur la place. *Il neiga pour la première fois.*

Jeudi 5. — La neige qui avait commencé
la veille continua toute la nuit formant une
espèce de verglas qui me força en partant de
marcher au pas jusqu'à Miedniki où j'arrivai
avec Toitot sur les 11 heures. Nous en sommes
partis à 1 heure, lui pour faire des logements
dans les villages voisins de la route, moi pour
Vilna en doublant l'étape. Je rencontrai près
de la ville le lieutenant Léoutre avec une
demi-batterie et une division assez forte.
Arrivé à Vilna à 4 heures du soir j'allai rejoindre Lebrun chez Bordais, traiteur français,
pour y dîner. Je revins coucher chez lui.

Vilna, vendredi 6 novembre. — Je trouvai
les fourriers à 8 heures chez le commissaire
des guerres. Après cela je montai le cheval
de Le Rouge pour aller au-devant du parc qui
défila dans la ville avec la plus grande pompe.
Je logeai chez Le Rouge avec Bézault et dînai
avec eux, Lebrun et Vieillard, chez le traiteur français. Nous fûmes ensuite au café des
Quatre-Nations.

Samedi 7 novembre. — Bézault fut chargé
de faire opérer les réparations nécessaires au

parc, de le compléter en voitures et en appro-
visionnements ; *on commença à ferrer à glace*
les chevaux du train ce qui continua le dimanche 8.

Lundi 9 novembre. — Les voitures étaient
prêtes à rouler mais les chevaux ne l'étaient
point à marcher et d'ailleurs on n'a pu remplacer les conias que dans la soirée.

Bézault a reçu de Fominskoë une lettre
contenant ceci : « La noblesse, les magistrats,
les riches commerçants avaient fui et les pri-
sonniers délivrés, le bas peuple et les prosti-
tuées erraient dans Moscou devenue leur
propriété. Malgré les efforts de nos hommes
les forçats ont incendié divers quartiers de la
ville en exécution des ordres du gouverneur
le comte Rostopchine. Alors l'Empereur a
décidé le retour qui a commencé le 15 octobre
par la cavalerie de la Garde Italienne. L'armée
est gorgée de richesses. »

Mardi 10 novembre. — A 8 heures le
commandant Lair, chez lequel je m'étais
rendu pour faire la feuille de route du lendemain, reçut une communication du major
Poirel, lui annonçant qu'il ne pouvait disposer
de ma compagnie parce qu'elle avait été dési-
gnée par le premier inspecteur pour servir
une batterie de 12 avec laquelle il devait par-

tir le lendemain ou le jour suivant et rejoindre
le neuvième corps. Cette batterie devait être
attelée par du train Italien qu'on attendait.
On remplaça ma compagnie par quelques
canonniers et un sergent qui erraient dans
Vilna et appartenaient à une compagnie partagée entre Destouches du côté de Grodno et
Griffet sur la route de Smolensk à Moscou.
Ces mélanges et ces fractionnements intro-
duisent la confusion.

Mercredi 11 novembre. — Le commandant
Lair partit pour Olita et Toitot pour Méresse ;
il a dû prendre 150 chevaux.

Du jeudi 12 au lundi 23 novembre. —
Séjour sans rien de saillant.

Mardi 24 novembre. — Je changeai de logement et avec Bézault qui était malade nous
allâmes chez Le Rouge dans une maison en
face du duc de Bassano. Nos chevaux restèrent chez mon capitaine.

Mercredi 25 novembre. — Le docteur
commença à traiter Bézault atteint d'une
espèce de fièvre maligne qui régnait à Vilna
et m'enleva beaucoup de canonniers. Les
communications avec l'armée sont comme
interrompues.

*Du jeudi 26 novembre au mardi 1er dé-
cembre.* — Le thermomètre ne remonte pas

au-dessus de 12 dégrés réaumur ; nous sommes sous la neige.

Mercredi 2 décembre. — J'ai fait tirer 21 coups de canons à 8 heure du matin pour l'anniversaire du couronnement, autant pendant le *Te Deum* et le même nombre à 4 heures du soir. Il y eut illumination dans toute la ville et chez le gouverneur grand bal où je fus avec Lebrun (1). On l'ouvrit comme d'habitude par la polonaise qui n'est autre chose qu'une promenade et consiste en ceci : chaque cavalier choisit un dame et la plus respectable du bal prend la tête, tous les couples la suivent ; de temps en temps on change de main, de pas et de dame ; on se promène ainsi pendant une demi-heure accompagnés par une marche, de sorte qu'en finissant la dernière dame est devenue la première. On danse encore en Pologne la *mazurette* ; les Polonais la scandent de leurs éperons pour en marquer la mesure. Il est d'usage que les officiers aillent au bal en

(1) « Je fus indigné de la farce qu'on joua à Wilna. Le 1ᵉʳ décembre il y eut concert chez le duc de Bassano, pour célébrer la veille de l'anniversaire du couronnement. Le lendemain il y eut grand bal chez le général de Hogendorp. »

Mémoires du général Baron de Dedem de Geldev.

bottes avec des éperons et des pantalons d'écurie.

Les femmes présentes parlaient français comme toutes en général à Vilna.

Jeudi 3 décembre. — On arma une batterie de 6 qui devait partir le lendemain avec la division Loison dont l'artillerie était encore en arrière et être servie moitié par de l'artillerie à pied moitié par de l'artillerie à cheval. Mais ce ne fut pas encore mon tour de m'en aller; il est probable que le train Italien qui devait atteler la batterie de 12 que ma compagnie était appelée à servir n'aura pu arriver assez tôt et qu'alors des ordres contraires seront survenus. Pour cette batterie on prit deux escouades de la 5ᵉ compagnie du 5ᵉ régiment d'artillerie à pied sous les ordres de Lebrun, parce que Vieillard était malade et la compagnie du 1ᵉʳ régiment à cheval du capitaine Masson qui commanda le tout.

On dit à Vilna que cette division était envoyée pour empêcher les cosaques, qui marchaient devant la tête de l'armée battant en retraite, de prendre l'Empereur qui voulait la quitter. On colporte aussi des bruits qu'un courrier traversant Vilna a répandus : sur les bords de la rivière la Bérézina

nous aurions perdu plus de 20,000 hommes,
200 bouches à feu et une quantité de ba-
gages. Les troupes seraient dans le plus grand
désordre.

Vendredi 4 décembre. — Lebrun partit
avec une division pour coucher à Miedniki.

Le capitaine Barbey nous mena faire des
visites de Sainte-Barbe au major Poirel et à
M. Marillac colonel du 6me à pied. J'étais
mal portant à ce moment-là ayant pris la
veille au soir deux pilules purgatives trop
efficaces. Je dînai chez le traiteur avec Daniel
et M. Miasenki, capitaine au 19me de ligne,
ancien élève du lycée impérial, blessé à Po-
losk. Du café des Quatre-Nations, où je fus
ensuite, j'emmenai le capitaine Germain et
Le Rouge boire un verre de punch chez Esther
et terminer ainsi notre Sainte-Barbe.

Le thermomètre a marqué dans la nuit 25
degrés Réaumur.

Samedi 5 décembre. — Lebrun arriva à la
chute du jour à Oschmiana. Tandis que son
capitaine se rendait à son logement il fit
parquer et placer la garde puis il se rendit
sur la place pour trouver un gîte. Tout d'un
coup il entendit derrière lui un *hourah ;* il
crut d'abord que c'était une plaisanterie de
quelques cavaliers napolitains et marcha à

leur rencontre pour s'en assurer. A ce moment 60 à 80 cosaques arrivèrent au trot
sur lui. L'un d'eux lui porta un coup de lance
qu'il para du bras gauche mais qui lui perça
la main en le renversant. Les autres lui pas-
sèrent sur le corps, ce qui lui foula un genou,
et un des derniers, voulant s'assurer s'il était
bien mort, lui donna un coup de lance, traversant le collet de son carrick et le lui cueillant
habilement. A 9 heures du soir un officier qui
passait en traîneau le releva et le transporta
chez lui.

Dimanche 6 décembre. — Lebrun, dans un
triste état, entra dans ma chambre à 8 heures
du matin. Je lui donnai à manger une carcasse
de poulet. Il m'engagea à faire des provisions
de pain et de biscuit parce que l'armée allait
arriver le lendemain et ne laisserait rien ;
malheureusement je ne suivis pas son conseil
de suite et m'y pris trop tard. Il dormit toute
la journée chez Esther et alla coucher chez
Le Rouge parce que Vieillard, ayant changé
de logement, n'avait plus de place pour lui.
Nous lui avons procuré une schouba qui est
la pelisse en peau de mouton des paysans.

Lundi 7 décembre. — L'Empereur passa
incognito dans la ville sur les 11 heures. Il
ne fit qu'y changer de chevaux et continua

sur Kowno sa route, sans escorte, aban-
donnant celle qui l'avait amené d'Oschmiana.
Elle était formée des débris de 3 régiments
de cavalerie napolitaine qui avaient mal ré-
sisté à un compement de nuit par 22 degrés
de froid (1).

La tête de l'armée commença à arriver
l'après-midi, toutefois en bien petit nombre. A 4 heures toutes les boutiques étaient
fermées, on ne pouvait plus trouver de pain.
Je voulus aller dîner à l'Aigle avec M. Mia-
senski qui avait acheté un morceau de pain
de juif, car il n'y en avait plus chez les trai-
teurs ; nous visitâmes trois restaurateurs sans
rien trouver, enfin un quatrième nous donna
des pommes de terre.

Mardi 8 décembre. — Je devais monter
la garde à l'arsenal lorsque le major Poirel
m'ordonna de me rendre à la porte de Minsk
avec huit canonniers et un caporal pour empêcher les voitures d'artillerie d'entrer en
ville et leur faire prendre un chemin de traverse pour parquer sur la route de Kowno.

Je restai jusqu'à 5 heures ne servant à rien,
car on ne m'écoutait pas, ce qui m'étonnait

(1) C'était la fleur de l'armée italienne ; la faim,
le froid l'anéantirent complètement ; l'Italie en revit
8 hommes.

toujours bien qu'il y eût longtemps déjà que l'armée en fut là. J'allai rendre compte de cela à M. Poirel auquel j'amenai en même temps un capitaine de l'état-major qui désirait l'entretenir ; en arrivant je m'aperçus que j'avais la main droite gelée, ce qui me causa de vives souffrances pendant deux heures.

Le major me dit de rentrer avec mes canonniers et se porta avec le commandant Pauneau au-devant du premier Inspecteur qui arriva le soir.

L'armée afflua toute la soirée ; on s'écrasait à la porte de Minsk.

Mercredi 9 décembre. — Les troupes continuèrent d'arriver en masse ; je crois qu'on essaya de les rassembler un peu ce qui ne fut pas possible. On ne délivra pas un seul pain, quoique tous les magasins regorgeassent de farines et de grains. On avait même cessé depuis le 6 de faire des distributions à la garnison.

Il survint beaucoup d'officiers d'artillerie ; j'en amenai le plus possible chez moi où, n'ayant rien à leur donner, ils furent mal. mais du moins chaudement ; Bézault, toujours faible, commençait à aller mieux ; Trolleville et Lescà avaient la même maladie que lui.

Jeudi 10 décembre. — Le jeudi nous éva-
cuâmes Vilna. A deux heures du matin on
vint me dire de passer chez le capitaine
Barbey ; sa chambre était pleine d'officiers,
lui n'y était pas ; je finis par le découvrir
au quartier et il me dit qu'il fallait nous tenir
prêts à partir avec la 5ᵉ compagnie du 5ᵉ régiment. Nous allâmes ensemble chez le major
Poirel pour recevoir les instructions de l'Inspecteur qui s'y trouvait ; ce dernier envoya
le major et M. Barbey chez le maréchal Ney
afin de savoir si on ferait sauter l'arsenal et
moi je fus au quartier d'où je mis en marche
ma compagnie et Bézault sur une petite charrette. J'attendis là l'invitation de me rendre
à l'arsenal que m'apporta le planton du major
à 7 heures. Je m'y suis trouvé seul parce que
la 5ᵉ compagnie du 5ᵉ régiment était partie
inopinément et que M. Barbey avait de son
côté évacué le peu de monde qui lui restait.

Tandis que je croquais le marmot sur la
place le gouverneur vint me demander pourquoi je ne faisais pas sauter l'arsenal ; je lui
répondis que je n'en étais pas chargé et que le
capitaine à qui en incombait le soin était allé
avec le major prendre à ce sujet les ordres
du maréchal. Enfin, à 8 heures, M. Barbey
arriva ; il fit couper des mèches qu'on plaça

prêtes à être allumées sur des planches percées
exprès. Lorsque cela fut terminé l'officier qui
était de garde aux portes de l'arsenal vint
prendre quelques hommes de ma compagnie,
qui m'étaient revenus, pour le renforcer parce
qu'il arrivait un pulsk de cosaques qui vou-
laient entrer en ville et par deux fois il les
en empêcha. A 8 heures 1/2 on s'aperçut que
les cosaques, avec quelques fantassins, avaient
gravi la montagne à côté de l'arsenal et que
sous peu ils y seraient malgré nous. Alors,
M. Barbey se décida à faire allumer les
mèches ; le garde Ranodin enflamma celles
du magasin à poudre, un caporal et des canonniers de ma compagnie celles des caissons ;
j'en plaçai de ma main deux sur un sachet.
Cependant les unes et les autres devaient être
détruites aussitôt que placées ; je vis en effet
tous les canonniers qui étaient avec moi dans
l'arsenal fuir subitement à toutes jambes ; je
les poursuivis en vain en leur criant de s'arrêter, qu'il n'y avait pas de danger puisque
les mèches devaient durer cinq minutes. Par-
venant ainsi à la place de l'Eglise, je trouvai
Daniel et son poste ; il me cria : « Les avez-
vous vus ? — Qui ? dis-je. — Les cosaques
qui ôtaient derrière vous les mèches que vous
avez placées. » C'était leur venue qui avait

mis en fuite mes canonniers. A nous deux
nous rassemblâmes quelques-uns de ces derniers qui allaient encore plus vite que nous
ne voulions et nous suivîmes heureusement
la rue de M. Pieffer pour sortir de la ville,
ce que nous n'eûmes pu faire par la porte
de Troki.

Dehors et sur la route de Kowno je rencontrai
le gouverneur qui avait arrêté tous mes canonniers fuyards et les avait réunis ; il m'en-
joignit de former mon peloton et de suivre
deux compagnies de la Garde impériale pour
protéger la retraite contre les cosaques qui
étaient à notre gauche et qui avaient déjà
dépassé Vilna qu'un gros d'entre eux occupait. Après être resté là jusqu'à dix heures
et demie environ pour laisser s'écouler la
colonne qui sortait de la ville, nous nous
mîmes à notre tour en marche par sections
pour arriver enfin à la montagne de Ponari.
Nous demeurâmes là fort longtemps : le désordre s'était mis dans les deux compagnies
de la Garde qui ne devaient plus se reformer.
On brûlait les voitures abandonnées au pied
de la montagne ; on pillait beaucoup et toutes
espèces de choses. Des soldats étaient sur-
chargés d'écus provenant du trésor impérial
qu'on leur avait partagé. Les étendards pris

à l'ennemi et l'énorme croix de Saint-Iwan
enlevée du Kremlin gisaient sur le sol abandonnés (1). Je finis cependant par grimper la
montagne avec mes canonniers ; vers midi,
les cosaques avec deux pièces nous y tuèrent
beaucoup de monde. Je rencontrai chemin
faisant Froussart et Oléry. Je devais bivouaquer avec eux mais lorsque je m'ar-
rêtai, à 5 heures, je ne les vis plus ni Daniel.
Je passai la nuit avec une partie de ma compagnie car il en était resté en arrière, sur la
neige, dans un bois ; nous eûmes très froid.
Je mangeai un poisson fumé et du biscuit
avec une goutte de rhum.

Vendredi 11 décembre. — Je me mis en
route avec mes canonniers à 4 heures du
matin par 29 degrés Réaumur; nous passâmes
à Evé ; on voyait de tous côtés des villages
en flammes. Une partie de la colonne prit
une mauvaise route que nous suivîmes et
qui nous fit traverser un hameau en sortant
duquel un caporal me dit avoir vu mon cheval

(1) Châteaubriand raconte autre chose, mais il est
le seul, au sujet de cette croix : « Il (Napoléon) s'était
vu forcé de jeter dans le lac de Semlewo l'énorme
croix de Saint-Jean ; elle a été retrouvée par des
cosaques et replacée sur la tour du Grand Iwan. »
— *Mémoires d'outre-tombe*, passage de la Bérésina.

tout près de la voiture du capitaine et de
Bézault mais que mon ordonnance ne voulait
point les quitter pour me rejoindre, dans la
crainte de se perdre. Rentrés à la pointe du
jour sur la bonne route, j'attendis en vain,
auprès des maisons en feu qui nous chauf-
faient, pour les voir passer.

Ayant marché jusqu'à trois heures sans
nous arrêter nous voulûmes coucher dans un
village à gauche de la route ; nous y choisîmes
la maison du staroste ou maire et nous nous
préparions au repos le ventre creux lorsque
vers les 5 heures la canonnade se rapprocha
et les Cosaques forcèrent la cavalerie de la
Garde à évacuer un village proche du nôtre.
Je me remis alors en route ; nous arrivâmes
à 10 heures à Zismory ; tout était plein, nous
fûmes obligés de nous étendre sur la neige
autour du feu ; nous mangeâmes un peu de
biscuit que les canonniers avaient enlevé la
veille à Vilna lorsque les magasins furent
pillés ; je n'avais plus de rhum ayant donné
ce qui me restait à de Forceville que j'avais
rencontré malade le matin. Ayant entendu
dire à la cavalerie qu'il fallait qu'elle eût
passé le Niemen le lendemain avant midi je
résolus de partir de bonne heure.

Samedi 12 décembre. — Je me remis en

route entre une heure et deux heures du
matin avec bien peu de monde, car beaucoup
encore étaient restés en arrière. Je passai à
la pointe du jour à Syredniki où se trouve la
descente boisée si connue ; à midi nous arrivâmes à la porte de Kowno mais l'affluence
ne nous permit d'y entrer que vers les deux
heures. Nous avions rencontré le long du chemin des pièces et des canons abandonnés faute
d'attelages par la 18ᵉ compagnie du 4ᵉ régiment avec laquelle marchaient MM. Lantéry,
Auricoste et de Maizerois.

Aussitôt que nous fûmes dans la ville nous
allâmes au quartier de la 18ᵉ compagnie où
on nous donna un peu à manger et du schnaps.
Vers les 6 heures arrivèrent beaucoup d'officiers d'artillerie dont partie logea chez Goussard et partie chez les sous-officiers où j'étais
déjà. On but beaucoup de rhum et l'odeur
qu'il répandait me gênant je m'étendis à terre
dans le coin d'une autre chambre pour dormir.

Dimanche 13 décembre. — Je fus éveillé
vers 2 heures par M. Barbey qui me cherchait
pour réunir le 8ᵉ. On me dit que mon capitaine
avait couché dans la maison. Je finis par le
découvrir et le fis mettre sur une voiture ; il
avait quitté Bézault parce qu'ils se trouvaient
trop à l'étroit dans leur petite charrette.

Nous partîmes entre trois et quatre heures. Après avoir franchi le pont deux chemins se présentaient, l'un à droite, c'était la route de Tilsit, l'autre à gauche que nous avons pris. Nous eûmes beaucoup de peine à gravir la montagne prodigieusement escarpée de Kowno au pied de laquelle nous avons trouvé un trésor pillé dont un officier allemand emportait une bonne partie, des calèches, des voitures, des fourgons; un parc entier d'artillerie était tout à fait délaissé. Je perdis dans la journée, je ne sais où, mon capitaine. Nous couchâmes dans une grange et je mangeai des pommes de terre que les canonniers s'étaient procurées le matin.

Lundi 14 décembre.— M. Barbey fit monter une beauté sur son fourgon. Cette Française, qui retrouva son mari le lendemain, venait ainsi que lui de Vilna où il était employé comme pharmacien. Ce jeune homme pansa le colonel chef d'état-major du général Eblé que nous emmenions avec les pieds gelés.

Nous avons couché dans une étable d'un village situé au-delà de Staropol où nous avions fait la trouvaille inespérée de deux petits cochons. Le commissaire des guerres, que M. Barbey rencontra, nous les accommoda ainsi qu'une poule au riz; bien que le pain fut rare nous avons cru voir renaître l'âge d'or.

Mardi 15 décembre. — En arrivant dans le hangar où nous couchâmes j'ôtai mes bottes pour voir ce qu'avaient les bouts de mes pouces pensant que c'était parce que mes chaussures s'étaient rétrécies que je souffrais, mais je constatai que c'était parce que mes pouces gelaient un peu. L'habile commissaire des guerres nous fit une soupe au riz ; nous avions déjeûné le matin sur les 8 heures à Wilkowerski en buvant une bouteille de vin à six et chacun une tasse de thé.

Mercredi 16 décembre. — J'eus beaucoup de peine à marcher, cependant vers les 10 heures nous parvînmes à Staluponen où nous logeâmes et commençâmes à revivre.

Jeudi 17 décembre. — M. Barbey ne voulant pas pousser jusqu'à Gumbinnen nous couchâmes une lieue avant chez le bourgmestre d'un village.

Vendredi 18 décembre. — Nous arrivâmes de bonne heure à Gumbinnen où j'appris que le colonel Nègre était encore avec le général Eblé. Je fus chez lui et il me dit de lui envoyer M. Barbey. Pendant ce temps le colonel chef d'état-major du général Eblé retrouva son domestique et partit pour Kœ-

nigsberg ce qui nous débarrassa d'autant
mieux qu'il emmena avec lui le pharmacien
et sa femme. Le colonel Nègre nous prescri-
vit de rester à Gumbinnen et d'arrêter tous
les cannoniers et soldats du train que nous
pourrions ramasser ajoutant que l'on allait se
réunir dans cette ville pour se reformer et
marcher en avant ; qu'un officier était allé
jusqu'à Visterburg pour y arrêter toute l'artillerie qui pouvait s'y trouver et la faire
rétrograder jusqu'à Gumbinnen. Il nous donna
une réquisition pour nous faire loger ce à
quoi nous ne pûmes parvenir, à cause de
l'ordre du vice-roi présent qui ne tolérait en
ville que la Garde Impériale. Nous trouvâmes enfin des chambres dans un village voisin. Malheureusement le colonel Nègre en
revenant de chez le général remit à M. Barbey un ordre destiné à l'officier qui était
allé à Insterburg pour faire rétrograder dans
lequel on lui disait de laisser poursuivre la
route la réunion ne devant plus s'effectuer
qu'à Kœnigsberg. Comme c'était un officier
qui devait porter ce contre-ordre M. Barbey
me le confia puisque j'étais le seul ; je devais
partir au plus vite, le général me suivant
de près ; on me dit de m'en aller comme
je pourrais et que mes frais me seraient rem-

boursés. Ensuite de longues recherches un
traîneau voulut bien me conduire pour 10 tha-
lers. Après avoir versé trois fois j'arrivai
à 4 heures à Insterburg ou je remis mon
contre-ordre à l'officier de l'artillerie à cheval
porteur du 1er ordre et qui accompagnait le
général Foucher. Cette course en traîneau
pendant laquelle j'éprouvai un grand froid aux
pieds acheva de me les geler complètement;
en outre, la dépense que je venais de faire
m'avait mis bien bas ne me laissant guère que
60 fr., ce qui ne pouvait me suffire pour me
transporter à Kœnisberg comme j'en avais le
désir étant hors d'état de marcher. Heureusement un canonnier du 2e régiment à pied
auquel je proposai de venir loger chez moi
pour me servir accepta et m'offrit de me
prêter de l'argent. Je résolus donc de partir
le lendemain.

Samedi 19 décembre. — J'eus beaucoup
de peine à trouver un traîneau qui consentit à
me mener jusqu'à Topio pour 80 fr. environ
payés d'avance. Je descendis du traîneau en y
laissant ma pelisse, mon sabre et ma pipe
pour monter chez le commandant de place
afin d'obtenir un billet de logement. Mon
canonnier me suivit et pendant les 5 minutes
de notre absence le traîneau disparut avec mes

effets sans que nous pussions découvrir où il avait passé.

Dimanche 20 décembre.—Je me mis encore dans un traîneau à 6 heures du matin et je pénétrai à midi dans Kœnigsberg. Cette arrivée me fit comme à mes camarades un effet singulier : nous nous croyions tous sauvés bien que ce ne fut que le premier relais des nombreuses postes que nous avions à courir. Jamais ville ne me parut si magnifique. Après avoir longtemps attendu chez le commandant de place, j'eus vers les 5 heures du soir un billet de logement chez un jardinier-fleuriste nommé Mair dont la fille parlait français. Je fus parfaitement traité par ces bonnes gens; leur chirurgien vint panser les pouces de mes pieds qui suppuraient abondamment et donner des soins à mon canonnier qui avait les deux oreilles gelées.

Kœnigsberg, du lundi 21 décembre au 2 janvier 1813. — Kœnigsberg est une belle ville ; ce sont tous marchands, on n'y voit point d'hôtels particuliers. Le château autrefois propriété de l'ordre teutonique est laid, une large place s'étend devant le théâtre. Le roi de Naples est passé ici sans y rester que fort peu de temps, les autorités locales l'ont reçu avec la plus manifeste froideur.

Pendant mon séjour j'ai été dans quatre logements dont le dernier seulement bon. Mes pieds ont continué à me faire souffrir. J'ai retrouvé Bézault et mon capitaine dans un état affreux.

On a tenté de rassembler l'artillerie, entreprise qui échoua encore.

Lebrun fut employé par le colonel Nègre à faire charger des caissons ; je ne sais comment cela se fit mais il fut mis aux arrêts et ne m'en prévint pas. Pendant ce temps-là, seul, la fièvre le prit et moi aussi pendant 36 heures. Quand je sortis pour aller voir mon ami, je le trouvai très malade, sans pouls ; c'étaient trois grains d'émétique n'ayant point fait leur effet et un coup de froid qui l'avaient mis si bas.

Je courus chercher un docteur qui lui administra une potion laquelle lui fit du bien ; je lui procurai ensuite un canonnier ; il passa encore une fort mauvaise nuit.

Le lendemain je fus voir Bézault. C'était le 1er janvier, il était sur le point d'entrer dans un hôpital auquel étaient attachés 3 carabins avec lesquels il mangeait souvent qui s'engageaient à le soigner et à l'emmener s'ils évacuaient la ville. Pendant mon séjour à Kœnigsberg le général Lariboisière mourut ; le géné-

ral Eblé le suivit de près le 30 ou le 31
décembre.

CARNET DE ROUTE

(1813)

Samedi 2 janvier. — A l'appel de 8
heures nous reçûmes l'ordre de partir toute
l'artillerie et les pontonniers ; le bataillon de
marche fut commandé par un chef de bataillon
de pontonniers. J'étais tout à fait embarrassé,
hors d'état de pouvoir faire la route à pied,
sans argent. Heureusement Bézault me proposa d'attendre au lendemain pour partir
ensemble en me prêtant un de ses chevaux ; il
voulait rester jusque là afin de toucher de
l'argent. J'acceptai sa proposition et couchai
chez Serres.

On enterra le matin le général Eblé ; il n'y
avait que ses deux aides de camp pour le conduire en terre.

Ce qui restait de troupes du corps de
Macdonald arriva l'après-midi et repartit le 3
avec le maréchal.

Dimanche 3 janvier. — Après être demeuré
toute la journée du 2 espérant toucher l'argent
de Bézault, nous ne pûmes rien recevoir.

Déjà il ne restait plus personne dans la ville.

A 11 heures nous montâmes à cheval et nous prîmes la route d'Elbing. Nous avons été excessivement incommodés pendant le trajet par le vent d'ouest qui était glacial et nous donnait dans le visage. Nous fîmes péniblement une grande partie du chemin à pied ayant à notre gauche *le Friche-Haff* (1) entièrement pris qui offrait un fort beau coup d'œil mais ne nous échauffait guère. Nous arrivâmes à Brandenbourg à la chute du jour, on ne voulut point nous héberger et on nous renvoya à une lieue en avant. La nuit la plus obscure nous surprit nous empêchant de trouver notre village et après l'avoir inutilement et longtemps cherché nous prîmes le parti de revenir à la ville. Il était 11 heures. Frappant de porte en porte mais personne ne répondant ou le faisant pour nous dire qu'on ne voulait pas de nous, nous étions sans pain,

---

(1) *Le Friche-Haff* est un golfe intérieur séparé du golfe de Dantzig par un étroit cordon de terre et de dunes. Les côtes du Haff recèlent en assez grande quantité de l'ambre jaune. «Ce bras de mer, étant toujours gelé l'hiver est fréquenté comme une grande route, ce qui évite un long détours aux voyageurs. »

    (*Mémoires* du colonel Combes.)

sans fourrage, sur le point de bivouaquer dans
la neige, lorsque nous rencontrâmes une
vieille qui nous mena chez elle et nous donna
à manger pour notre argent. Il y avait là 8 ou
10 hommes installés déjà. On nous mit de la
paille à terre sur laquelle nous ne pûmes fer-
mer l'œil car à peine couchés nous ressentî-
mes des démangeaisons affreuses occasionnées
par des milliers de pous, Bézault les a portés
seulement jusqu'à Marienburg mais moi jusqu'à Berlin.

Lundi 4 janvier. — Départ de grand matin
pour aller à Heiligenbeil par des chemins
déplorables pour les chevaux.

Mardi 5 janvier. — Nous avons fait
ce jour un fameux déjeuner à Bransberg.
Arrivé à Frauenburg j'ai raconté au commandant de place une histoire et l'ai mis un peu
dedans pour obtenir un logement. Nous fûmes
casés chez un boulanger où il ne manquait
pour être bien qu'un bon lit et un bon souper.

Mercredi 6 janvier. — Nous arrivâmes de
bonne heure à Elbing mais on voulut nous
envoyer coucher à 2 lieues plus loin. Alors
je fus chez le général Charbonnel qui nous
autorisa à résider en ville, toutefois il nous
fut impossible d'y parvenir même en payant.

Enfin en sortant d'Elbing nous trouvâmes
une auberge où nous pûmes placer nos che-
veaux ; la salle ou pour mieux dire le taudis
était plein de soldats, tous les sièges pris et
Lacoste (1) tranquillement assis au milieu de
tout ce monde-là. On nous donna du pain, du
beurre, des pommes de terre, de la bière et
de l'eau-de-vie. La salle se remplit si bien
que nous nous trouvâmes seuls Bézault et moi
sur nos jambes tout le monde était par terre
ou sur les tables. N'en pouvant faire autant
nous fûmes obligés d'aller coucher dans
l'écurie sans y pouvoir dormir à cause du
froid.

Jeudi 7 janvier. — Partis de bonne heure
nous rencontrâmes l'ingénieur Paret. A moitié chemin à Sommerau nous avons pris un
traîneau pour arriver de jour à Marienburg ;
bon logement et bon dîner. Nous avons appris
dans cette ville que l'artillerie était cantonnée
dans l'île de la Nogat (2).

Du vendredi 8 au 27 janvier. — Après être
restés pendant 3 ou 4 jours à Marienburg, le
payeur du 3ᵉ corps remit à Bézault son argent.
Très fiers alors nous résolûmes d'aller re-

(1) Lieutenant d'artillerie.
(2) Entre deux bras de la Vistule.

joindre les compagnies de notre régiment qui
étaient les seules demeurées dans la Nogat.
Nous nous y transportâmes avec MM. Barbey
et Hulot qui étaient venus à la ville prendre
les instructions du major Tamisier. Il y eut
une alerte dans la matinée et la garnison se
rassembla au son du tambour qui battait la
générale : on contait que les Cosaques étaient
à une portée de canon, sur la route d'Elbing.

Ne me rappelant plus les dates jusqu'à
Magdebourg, je continue sans les noter mon
carnet de route. Le lendemain de notre arrivée au cantonnement de la Nogat à 8 heures
du soir, le capitaine Barbey donna l'ordre
du départ. Nous traversâmes la Vistule devant
Dieschau où nous arrivâmes vers les 9 heures;
nous passâmes outre : voulant prendre la route
de Stargard et enfilant des chemins de traverse nous nous perdîmes pour arriver enfin
à 11 heures dans un village où nous avons
logé. Repartis le lendemain à 3 heures du
matin, le capitaine Barbey décida qu'on pren-
drait toujours, autant que possible, des chemins
de traverse, qu'on logerait sur les côtés de la
route au-delà de l'étape de façon à éviter les
encombrements de la route et des logements
des lieux de passage ; par cet excellent moyen
nous marchions beaucoup pour avancer peu

Nous traversâmes Stargard et Conitz où nous
avons joint la 13e compagnie du 13e régiment
commandée par le capitaine Boyer ; elle avait
eu une querelle avec de la cavalerie prussienne
qui avait tenté de l'attaquer dans un bois.
Nous passâmes ensuite à Pruss-Friedland où
on décida, en déjeunant, que nous nous diri-
gerions sur Custrin et non sur Stettin comme
on en était convenu d'abord : Bézault, absent,
ne fut point instruit de ce changement et,
étant parti après nous de la ville, marcha sur
Neustettin. Là, personne n'ayant eu connaissance de notre passage, il bifurqua sur Custrin. Je ne me rappelle pas où il nous re-
joignit, je crois que ce fut seulement à Berlin ;
dans ces allées et venues il égara son cheval
polonais, son porte-manteau et son canonnier.

De Pruss-Friedland nous allâmes, en suivant je ne sais quelle route, à Driesen, Fried-
berg, Landsberg, Custrin. Une fièvre intense
me prit la veille de notre arrivée dans cette
ville où je rencontrai Georges de Saint-Paul.
Nous fûmes à Berlin en 3 jours. J'absorbai
de l'émétique qui me remit un peu sur pied
et logeai dans une chambre garnie avec
Bézault.

Partis de Berlin en poste, nous traversâmes
Postdam et allâmes coucher à Brandenburg ;

j'étais dans les hébétés de la plus jolie façon.
Nous arrivâmes à Magdeburg où nous trouvâmes les compagnies du 4ᵉ régiment et
Morlot qui me rendit visite à l'hôtel de
Prusse où j'étais descendu avec Bézault. Le
surlendemain de mon arrivée, j'eus un billet
de logement chez Toman dont le médecin
vint me voir et me conseilla d'entrer à l'hôpital. Aussitôt dit, aussitôt fait ; à 4 heures
du soir j'y étais conduit par O'Farel ; j'y fus
très bien. Cinq jours après ma fièvre était
tombée. Emon, arrivé à Magdeburg pendant
que j'étais à l'hôpital, m'y visita assidûment.
Le 17 février, à 4 heures du soir, il m'emme-
nait chez lui et le lendemain nous prenions
un logement pour nous deux sur la place de
la Vieille-Municipalité. Mon séjour à Magdeburg a été assez agréable mais, pendant ce
temps, il fallut couper le petit doigt à Bézault
qui, de plus, garda les fièvres plusieurs mois.

Bientôt les cohortes (1) arrivèrent de France

(1) Les cohortes n'étaient autre chose que la garde
nationale convertie en armée active par la magie de
l'article 2 du Senatus-Consulte du 11 janvier 1813.
« Avant de s'engager, à l'autre extrémité de l'Europe dans l'inconnu d'une région et d'une guerre
nouvelles, l'Empereur voulut laisser derrière lui
(mars 1812), en réserve, une force nationale capable
de garder le territoire de l'Empire, et en même

et le général Aubry réorganisa l'artillerie ;
ma compagnie fut complétée, *elle comptait
beaucoup de manquants.* M. Edouard en fut
nommé capitaine-commandant, j'eus pour
second lieutenant un tout jeune officier qui
sortait de Saint-Cyr.

A la fin de mars, l'Armée de l'Elbe occupait
les environs de Magdeburg, en face des
Prussiens, à Fridrichstadt. Le capitaine Ler-
mina fut tué de loin, en vue de cette ville,
sur la route de Brandenburg.

Porphyre JACQUEMONT,

Lieutenant en 1ᵉʳ.

En écrivant ce qui se rapporte à son séjour
à Magdeburg, Jacquemont a omis, je ne sais
pourquoi, des détails personnels assez inté-
ressants.

Il arriva dans cette ville écrasé par la misère, portant pour tous vêtements des haillons
d'uniforme cachés sous un lambeau de cou-

---

temps si peu différente de l'armée qu'elle pût, en cas
de besoin, y trouver facilement sa place. Une déno-
mination un peu bizarre, mais sonore et rappelant
les souvenirs de la vieille Rome, avait été choisie à
dessein pour distinguer cette force intermédiaire ;
ce n'était déjà plus la garde nationale, ce n'était pas
encore la troupe de ligne, c'était les cohortes. »
    Camille ROUSSET.— *La Grande Armée de 1813.*

verture. Son intelligence était affaiblie, sa
mémoire en partie éteinte.

A l'hôpital où il séjourna quelques jours,
il demandait avec insistance des confitures
et des ciseaux, sans pouvoir expliquer l'usage
qu'il comptait faire de ces derniers. Son ami
Emon l'installa dans une chambre, précisément chez un confiseur et je suppose qu'il
put y satisfaire au moins un des deux objets
de ses désirs. Il retrouva d'ailleurs sa santé
et ses forces assez vite pour faire la campagne
de 1813 en Saxe et être fait prisonnier à
Dresde.

LES ROIS FRÈRES

LES ROIS FRÈRES [1]

———

Nous étions parvenus à un plateau élevé d'où la vue embrassait un vaste horizon. A nos pieds s'étendait Jön Köping; plus loin le lac Wettern reflétait dans ses eaux pures ce bleu particulier au ciel de la Suède et les Doffrines formaient un cadre naturel à ce panorama grandiose.

— Belle vue! Admirable vue! me dit mon compagnon, membre distingué et érudit de l'Académie des lettres de Stockholm; c'est

(1) *La Nouvelle Revue,* 15 janvier 1897.

en ce même lieu que, pour apercevoir plus longtemps son ami Hading, se tint Hunding, roi de Suède, qui l'avait accompagné à moitié route.

— Y a-t-il une légende? demandai-je.

— Oui, me répondit-il, *la légende des Rois frères,* et sans se faire prier il me narra ce qui suit :

Dans les temps les plus reculés, lorsque l'ancienne Upsala, appelée alors Ostra-Aros, était le siège des rois et des cérémonies religieuses, Hunding, roi de Suède, reçut la visite de Hading, roi de Danemark. Les fêtes qui célébrèrent cette entrevue furent somptueuses ; les princes massacrèrent force sangliers, renards et ours, luttant de force et d'adresse dans les chasses. Ils banquetèrent pendant de longues heures et atteignirent ainsi le terme fixé au voyage du roi Hading. Un dernier repas les réunit dans la grande salle du palais d'Upsala. Ici commence la légende.

* *

Sur une table massive en bois d'aulne, les serviteurs apportent des corbeilles tressées, pleines de pains en forme de palette, faits de folle farine et d'écorce d'arbre ; l'oel blanche

mousse et déborde des cruches en terre au
ventre rebondi qu'accompagnent des coupes,
crânes d'ennemis tués dans les combats et re-
couverts soigneusement de plaques d'argent;
çà et là sont posés des vases d'or rouge rem-
plis d'hydromel; de petites cornes d'animaux
contiennent le sel qui relèvera la chair des
porcs égorgés et bouillis dans le sang ou des
sangliers rôtis entourés de feuilles de cumin,
pièces énormes et dressées entières sur la
table dans des plateaux d'or et d'argent; des
vases de verre au long col enferment les vins
épicés.

Sur les murailles de la salle s'étalent des
armes conquises dans les batailles, les dé-
pouilles des victimes des chasses, des peaux
d'ours blancs et gris, de lourdes haches, des
caparaçons brodés d'argent, des lances avec
des manches d'or, des arcs et des flèches
d'un bois dur comme le fer, des boucliers
blancs et rouges ou ornés de pierres pré-
cieuses.

Les rois prennent place côte à côte devant
la table qui plie sous le poids de sa charge
réconfortante.

Ils boivent d'abord de l'eau-de-vie blanche
et mangent des œufs de poisson noyés dans
l'huile ou des morceaux de viande crue fumée;

puis le repas commence. La journée tout
entière, ils festoyèrent sans relâche.

Hunding et Hading étaient de vieux amis ;
jeunes, ils avaient échangé leurs épées que
bien des sagas avaient déjà célébrées : l'une
était l'œuvre de Mimer le Cruel, l'autre celle
du vindicatif Veland ; toutes deux moins pré-
cieuses par leurs ornements d'or que par leur
trempe sans rivale. Celle de Mimer avait coupé
en deux un homme revêtu d'une armure et
coiffé d'un casque ; celle de Veland, exposée
dans un fleuve le fil de l'arme tourné contre
le courant rapide, avait partagé un madrier
de trois pieds d'épaisseur. Pour se servir de
ces glaives, il fallait être prince ou fils de
prince.

La nuit tombait ; des torches de résine
plantées sur des crochets de fer fichés aux
murailles remplacèrent la clarté du jour.
Hunding se leva et son manteau d'or tissé
glissa de ses épaules sur le dossier de son
trône : « Compagnons, la harpe reste muette,
les vieilles sagas sont oubliées, or notre hôte
serait charmé par vos chansons : l'hospitalité
nous ordonne de le satisfaire. »

Volker, skalde inspiré autant que guerrier
valeureux, quitte la table et se réfugie dans
un angle de la salle plein d'ombre : les poètes

recherchent le mystère. Ses doigts errent sur les cordes de la harpe sonore ; il prélude, tous prêtent une oreille attentive :

« Salut, ô jour ! salut, ô fils du jour ! salut, ô nuit, et toi, terre nourricière, salut ! Jetez sur nous des regards bienveillants et accordez-nous la victoire.

« Salut à vous, Ases ! salut à vous, Asinies ! salut à toi, campagne féconde ! Accordez-nous, à nous qui avons un noble cœur, la parole et la sagesse et des mains toujours pleines de guérisons. »

Ainsi débuta-t-il en rappelant l'invocation de la jeune Brunhild éveillée par Sigurd du sommeil magique.

Il continua ensuite et chanta *Sivard* et *Brynhild*. Sivard avait un coursier qui lui obéissait en tout. Il enleva la fière Brynhild hors du Glasberg (1) et la porta au jour brillant.

Et le poème se déroule en strophes cadencées.

***

« Les chefs du pays de Danemark ! — Il enleva la fière Brynhild hors du Glasberg et

(1) Le Glasberg, burg entouré de flammes de l'*Edda*.

8*

la porta à la lumière du jour ; puis il la donna au héros Hagen, d'après l'usage des frères d'armes. La fière Brynhild et la fière Synild s'en vont à la rivière, les deux jeunes femmes, pour y laver leurs vêtements.

« — Ecoute, fière Synild, ma sœur chérie, comment as-tu obtenu l'anneau d'or rouge que tu portes à ton doigt ?

« — Voici comment j'ai obtenu l'anneau d'or rouge que je porte à mon doigt. Sivard, le rude compagnon, mon cher fiancé, me l'a donné. Sivard, le rude compagnon, me le donna comme cadeau de fiançailles. Et il te donna, toi, au héros Hagen, suivant la coutume des frères d'armes.

« Aussitôt que la fière Brynhild entendit cela, elle se retira dans la salle haute et se coucha malade de douleur.

« Et voilà le héros Hagen qui s'avance vers elle et lui demande :

« — Dis-moi, Brynhild, belle vierge, chère fiancée, ne connais-tu rien dans le monde que tu désires avoir ? Y a-t-il au monde quelque chose que tu puisses convoiter ? Quand cela coûterait tout mon or rouge, tu l'obtiendras.

« — Il n'y a rien au monde qui me puisse consoler, sauf de tenir dans ma main la tête de Sivard.

« — Comment pourrais-tu tenir en tes mains
la tête de Sivard? Il n'y a point dans l'univers entier d'épée qui puisse le blesser. D'épée
qui puisse le blesser, il n'en existe point dans
l'univers entier, hormis sa propre épée si bonne
et dont je ne puis disposer.

« — Va dans la salle haute où se tient
Sivard ; prie-le par son honneur de te confier
son épée. Au nom de son honneur, demande-
lui qu'il te confie son épée. Dis-lui ; J'ai
promis de combattre en un combat singulier
pour ma bien-aimée. Et aussitôt que sa main
t'aura remis la bonne épée, alors je t'en prie,
par le Dieu tout-puissant, ne m'oublie pas.

« — Et voici le héros Hagen qui se couvre
la tête d'une fourrure ; entrant dans la salle
haute, il s'avance vers Sivard.

« — Te voilà donc assis ici, Sivard, rude
compagnon, mon cher frère d'armes; veux-tu
me prêter, au nom de ton honneur, ta bonne
épée? Ta bonne épée veux-tu me la prêter
au nom de ton honneur? J'ai promis de me
battre en combat singulier pour ma bien-
aimée.

« — Je te prête ma bonne épée qui s'appelle
Adelring. Jamais dans aucun combat tu ne
seras vaincu si tu la portes. Mais garde-toi
des pointes sanglantes qui se trouvent sur la

poignée. Garde-toi des pointes sanglantes,
car elles sont rouges et si elles blessent ta
main tu es un homme mort.

« Aussitôt que Hagen put saisir l'épéc il
s'en servit pour tuer son frère d'armes chéri.

« Il prit la tête sanglante sous sa fourrure
et il la porta dans la salle haute à la fière
Brynhild.

« — Maintenant voilà la tête sanglante que
tu désirais avoir. Par ta faute, j'ai tué mon
bon compagnon d'armes et cela m'afflige
profondément.

« Mais elle :

« — Enlève cette tête sanglante ; ne me
la fais pas voir. Maintenant je veux t'accorder
ma foi pour te rendre heureux.

« — Et moi, jamais je ne te donnerai ma
foi, car je suis très malheureux. Par ta faute
j'ai tué mon bon frère d'armes et cela m'est
une grande peine.

« Et le héros Hagen tira son épée, saisit
la fière Brynhild et la fendit en deux. Puis
il posa la bonne épée contre une pierre et
sa pointe acérée causa de la douleur au fils
de roi. Il posa donc la bonne épée contre la
terre noire et la pointe acérée perça le cœur
du fils de roi. Oh! c'est un grand malheur
que cette vierge soit née. A cause d'elle deux

nobles fils de rois périrent, les chefs du pays
de Danemarck ! »

*
* *

Volker s'est tu et les derniers accords de
sa harpe s'envolent harmonieux et doux.
Hunding lui fait porter sa coupe d'or pleine
d'hydromel et la lui offre en présent.

Le banquet est terminé ; les deux princes,
debout, ont bu en croisant leurs bras gauche
et droit à la vieille façon scandinave ; ils vont
partir, car ils ne se sépareront qu'à la moitié
de la route du retour : triste route sur laquelle les regrets entravent les pieds des
voyageurs. Cependant, ils atteignent Jön
Köping où ils doivent se séparer ; alors
Hading parle ainsi :

« Adieu, roi de Suède, mon ami, mon
frère ; que mon souvenir demeure avec toi et
te soit agréable. Par la montagne de Sigty,
par le repos de ta couche, par l'anneau d'Uler,
je te jure affection éternelle et sur cette terre
et dans la Walhalla. Et que si l'un d'entre
nous trompe la confiance de son ami, il soit
plongé dans le Wadgelmir (1). »

(1) Wadgelmir : fleuve souterrain de la mythologie
scandinave.

Puis ils s'embrassent sur la bouche et Hunding répond :

« Va ! qu'Œgir (1) te protège », et il détourne la tête pour ne point laisser voir couler les larmes d'un guerrier.

Le Danois s'éloigne, traverse les hautes bruyères et s'enfonce dans les sombres sapins ; deux jours et deux nuits, il chevauche à la tête des siens : enfin il regagne Halmstad et s'embarque pour Elseneur.

Hunding, d'une colline élevée, avait, jusqu'à ce qu'il devint invisible, regardé le cortège de son ami ; en ce moment, trois cygnes apparurent sur le lac Wettern. Le roi et ses guerriers ne doutèrent pas que ce ne fussent les Valkyries, qui, négligeant un moment la trame du destin, eussent pris cette forme à la fois menaçante et gracieuse ; ils en conçurent les plus noirs présages.

Depuis bien des jours, Hunding est dans son palais sans nouvelles de son ami, sa tristesse est grande.

Un homme entre dans la salle aux poutres de chêne luisant et s'approche de lui : « Roi, la vie des hommes est dans la main de Sigfadir (2), murmurer contre sa volonté serait

(1) Œgir : dieu marin.
(2) Sigfadir : Odin,

mal à propos, il faut vouloir ce qu'il veut ;
modère donc ta douleur si je t'apporte de
sinistres nouvelles ; Hading n'est plus. La
tempête l'a fait périr ainsi que ses compagnons, les vagues ont brisé les bordages de
leurs navires, seul j'ai été rejeté sur ton ri-
vage comme si la fortune cruelle avait voulu
conserver un messager de ses rigueurs. »

Hunding baisse la tête : « Mon ami est
mort victime de la mer perfide ; son pauvre
corps est ballotté par la vague ou peut-être
est-il nu sur une grève déserte ; on y entendra
crier les corbeaux, les faucons joyeux battront
de l'aile et les loups hurleront à l'entour de
mon frère. Je ne lui survivrai pas ; dans la
Walhalla, je vais le retrouver, nous boirons
encore ensemble à la même coupe et nous ne
serons plus séparés. »

Il termine ces mots à peine, que, tirant son
épée, présent fraternel, il l'enfonce dans son
sein, tombe et expire.

A Upsala tous se lamentent. Le corps du
bon roi est revêtu d'un linceul enduit de cire
et enfermé dans un cercueil de pierre. De la
terre et du gazon forment, en le recouvrant,
un tumulus qui s'élève à soixante pieds.

Or, Hading est à Roskild entouré de ses
fidèles. De son voyage il a fait bien des récits

car c'est par un prodige qu'il a échappé à une fin lamentable.

Tout à coup un homme se précipite aux genoux du prince : « Reconnais-moi, roi Hading, je suis de tes compagnons celui qui disparut dans la tempête, alors que vous traversiez la mer furieuse, revenant en Danemark. Jeté sur la côte suédoise j'ai imprudemment conté votre désastre. Les dieux me sont témoins que je vous croyais la victime des flots avides. Hélas! le roi Hunding n'a pas voulu te survivre, il s'est profondément enfoncé, dans son corps blanc et vigoureux, l'épée que ta main lui avait donnée. Hélas! le roi Hunding n'est plus. »

Pas un muscle du visage d'Hading n'a tressailli ; le cœur des guerriers est un coffre de fer trois fois forgé, fermé par une triple serrure.

« Le cinquième conseil de Sigurdrifa, dit-il, est celui-ci : le témoignage d'un serviteur est fâcheux quand il en donne un mauvais. Dès le lendemain enlève-lui la vie et punis ainsi les mensonges. Tu vas mourir. » Et d'un revers de son épée terrible il enlève la tête du mauvais compagnon.

En Suède, le soleil rougit les montagnes et les bois réflètent des feux comme des bou-

cliers polis ; en Danemark, aux premiers
rayons de l'astre du jour, les prairies ver-
dissent et les bruyères se dorent comme des
anneaux aux reflets rouges.

Hading appuie sur sa gorge la pointe de
son épée encore sanglante et sa vie s'échappe
par une large blessure. Dans la Walhalla,
Hading et Hunding sont réunis ; les guerriers hardis, les vierges timides, forment un
cortège respectueux aux rois frères.

* *
*

— Voilà, mon cher ami, dis-je à mon
compagnon, un bien regrettable malentendu,
et qui me fait chérir davantage les télégraphes
et les chemins de fer. Vous plairait-il maintenant que nous descendissions à Jön Köping
visiter sa fabrique d'allumettes ?

ÉCOLES ET LYCÉES

Souvenirs

1850-1900

ÉCOLES ET LYCÉES [1]

Souvenirs

1850-1900

Conformément au sage principe de l'obligation scolaire, j'ai, il y a quelques semaines, présenté mes enfants au petit tribunal appelé à constater s'ils recevaient l'instruction dans leur famille. Les juges, j'entends les examinateurs, étaient un instituteur, une institutrice et un inspecteur de l'enseignement pri-

(1) Le *Moniteur*, juillet 1900.

maire dont la redingote noire et le chapeau
de soie établissaient suffisamment la primauté.
Tous trois étaient d'ailleurs bien vêtus, avec
un air satisfait qui faisait plaisir à voir ; ils
siégeaient dans une classe propre, claire, dont
les murs étaient garnis de cartes coloriées et
de tableaux d'histoire naturelle. De ce milieu
émanait un sentiment de confort d'accord avec
la bonne impression que donnait l'immeuble,
belle construction Louis XIII flanquée de deux
ailes.

On interrogea mon cher petit garçon sur
la *Thuringe,* matière ardue. Si on m'avait
sondé sur cette contrée, j'eusse dit : Oh! la
Thuringe, c'est là-bas, là-bas, indiquant
d'un geste vague l'autre côté du Rhin ; il
n'eût pas fallu me presser davantage : lui fut
étonnant. Il sut d'abord ce que c'était, qui
l'avait conquise et quand ; ma surprise était
extrême ; qui donc connaît la *Thuringe*?
Savez-vous que c'est aujourd'hui un des plus
beaux fleurons de la couronne impériale de
Sa Majesté Guillaume II ? Eh bien, mon enfant savait tout cela : de mon temps nous
étions moins savants.

Et le passé, un passé déjà lointain, me
revient à l'esprit ; d'imprécis souvenirs d'enfance me montrent une école de village

dans un bourg de Picardie voisin d'une propriété où je passais mes vacances chez un
mien parent, lequel ayant des bois avait des
gardes pour les surveiller. Le brigadier de
ces gardes envoyait ses deux fils à l'école, je
les y allais quérir quelquefois ; ils étaient de
mon âge et se prêtaient facilement à mes
jeux.

L'école occupait une grande salle basse du
rez-de-chaussée d'une vieille bâtisse ; elle
était profondément triste : la lumière, la douceur et la joie en étaient bannies. Le recteur
de cette école s'appelait Médéric, sa femme
Ludivine ; comment ces noms me sont-ils
restés dans la mémoire ? Le père Médéric
était extrêmement vieux, il était coiffé
d'une calote plate noire, laissant passer une
couronne de cheveux blancs ; il m'apparaît
ressemblant, moins la queue, à Gnaffron, le
guignol Lyonnais, dont il avait à peu près le
costume : veste en ratine, culotte courte, gros
bas de laine et souliers lacés.

J'entendais autour de moi en parler comme
d'un bon homme mais j'avais bien de la
peine à le considérer de cet œil car il em-
ployait la baguette ou la férule avec trop
d'entrain ; la baguette, une règle, était appli-
quée sur les ongles de la main fermée ; la

férule, un morceau de cuir en forme de savate,
cinglait la main bien ouverte. Il me semblait
que ces traitements étaient de la dernière
cruauté. J'étais cependant loin de compte :
dans certaines écoles on les complétait avec le
martinet, le fouet et un agenouillement plus
ou moins long sur une pièce de bois équarri
présentant à sa partie supérieure une arête
vive ; cet instrument portait le nom rationnel
de « genouiller » ; les maîtres congréganistes
y ajoutaient les bras en croix et les mains
jointes derrière le dos; tout cela ne manquait pas de variété.

J'ai su depuis que les heures de leçons débu-
taient par des prières et se terminaient de
même. Les enfants étaient conduits deux fois
par semaine au catéchisme, le dimanche à la
messe, à vêpres et d'une façon générale à
tous les exercices religieux. Le père Médéric
chantait au lutrin avec les restes d'une
ardeur qui s'éteignait depuis pas mal d'années
et comme il était de tous les mariages, enter-
rements et cérémonies généralement quel-
conques du culte, les petits écoliers jouissaient encore assez souvent de vacances
inespérées.

Nous pouvons aujourd'hui trouver ces
sujétions religieuses excessives, mais il ne

faut pas oublier que trente ans auparavant nous jouissions des missions et de leur cortège d'intolérance, que quelques années seulement avant la Révolution le maître d'école était placé sous la surveillance de l'autorité ecclésiastique qui pouvait le révoquer. Dans les tournées épiscopales, le maître d'école était tenu, ainsi que la sage-femme également soumise à l'approbation ecclésiastique, de se trouver présent à la visite de l'évêque pour être par lui interrogé sur ce qui regardait ses fonctions, pour lui rendre raison de sa conduite et être averti de ses devoirs.

Il est vrai que sa qualité de modeste collaborateur du clergé lui valait certaines compensations : comme chantre il assistait aux offices revêtu du surplis, il était encensé et recevait les honneurs avant les seigneurs et les autres laïques.

Cela devait sembler bien doux à un homme qui, à ses moments perdus, se livrait au travail du vannier, de l'oiseleur ou de l'ébéniste, car tous ces éducateurs de la jeunesse exerçaient simultanément plusieurs métiers.

Bien plus près de nous, vers 1820, la condition du maître d'école n'avait point sensiblement changé ; voici le texte du contrat qui en

9*

liait un : il s'appelait Brucy et exerçait dans une commune du diocèse de Troyes :

« Le sieur Brucy sera chantre à l'église et obligé de suivre les offices les dimanches et fêtes et d'assister le curé ou le desservant dans toutes les cérémonies de son ministère où il peut lui être utile.

» Il sera tenu de faire le petit catéchisme les dimanches et les autres jours qui lui seront indiqués par le curé ou le desservant.

» Il sera tenu d'assister, tous les dimanches et fêtes, à la prière du matin qui se dit à l'église et de conduire tous les jours ses élèves à la prière du soir.

» Ledit instituteur sera tenu de sonner ou faire sonner l'Angelus tous les jours, le matin, à midi et le soir. »

Dieu merci, nous n'en sommes plus là, nous en sommes fort loin.

Si les écoles ont grandement gagné, si la situation morale et matérielle des maîtres s'est améliorée du tout au tout, les collèges et les lycées se sont également transformés.

Je visitais récemment un de nos lycées établi d'après les procédés les plus nouveaux ; quand on se reporte à un lycée ancien c'est à tomber de son haut.

L'établissement que je parcourus, situé

dans un quartier neuf, aéré, se recommandait
d'abord par la magnificence extérieure et son
développement. L'intérieur répondait à l'appa-
rence, belles cours bien sablées et ombragées,
bancs, chose inconnue de mon temps ; classes
vastes, saines, claires, chauffées comme les
dortoirs ; réfectoir propre, n'empoisonnant
pas la victuaille ; partout du confort, souvent
de l'élégance.

Veut-on savoir maintenant ce qu'était un
grand établissement d'éducation, il y a cinquante ans environ? Voici des souvenirs encore fort exacts sur l'un d'eux et pas des
moindres.

Dans la rue Saint-Jacques, non loin de
l'antique Sorbonne, « le Prytanée impérial »
ou « Lycée Louis-le-Grand », offrait un aspect singulièrement rébarbatif, un accès peu
encourageant. Ses murs lépreux, percés de
fenêtres châssieuses, respiraient une ignoble
bassesse. Les maisons voisines recélaient de
mauvais hôtels, des industries malpropres,
des blanchisseries suspectes, des brandezin-
gues non classés. Au XVIe siècle, Montaigne
avait déjà mené campagne contre ces collèges
noirs et maussades, « véritables écoles de jeunesse captive » où les classes étaient jonchées
de tronçons d'osier sanglants. Certes nous

n'étions plus martyrisés, mais la geôle ne s'était guère bonifiée ; le côté matériel et l'éducation n'avaient pas fait un pas. Nos dortoirs étaient immenses et froids, occupés par deux rangs de lits, nous y devions reposer sur le côté droit, notre bonnet de coton enfoncé jusqu'aux yeux ; si nous étions surpris le matin sur le côté gauche, nous étions punis. A six heures, le réveil s'effectuait au son martial du tambour. Debout, nous entourions deux vasques rondes en tôle peinte dont les nombreux robinets distribuaient parcimonieusement une eau, en hiver, glacée. La question toilette m'a causé bien des embarras ; j'avais une peine infinie à distinguer ma cravate blanche de mon mouchoir, et si je me trompais, ce qui m'arrivait souvent, j'étais encore puni. Nous portions l'habit à la française avec boutons de métal, le gilet droit, le pantalon à passe-poil rouge, de forts souliers, gardant en toute saison la tête nue. Notre toilette durait un quart d'heure et après une heure et demie d'étude nous descendions dans la cour où nous nous alignions sur deux rangs. Notre caporal, qui était un d'entre nous et le produit d'un suffrage universel en bas-âge, passait devant les rangs porteur d'un grand panier rempli de morceaux d'environ 22 cen-

timètres d'un pain doré, tendre, excellent.
Mais avant que ne fussent rompus nos rangs
pour la récréation, il se produisait tous les
jours une chose impressionnante : sur le pas
d'une porte au fond de la cour apparaissait
un homme grand, maigre, pâle, orné d'une
longue barbe noire ; c'était Cyprien, gardien
des Arrêts. Son aspect terrifiait les petits, in-
quiétait les grands ; d'une voix énorme il appelait les punis, les groupait autour de lui, en
faisait un tout petit tas et disparaissait avec ;
il aurait eu une hotte pour les mettre dedans
qu'il n'eût pas fait mieux. J'ai vu souvent
depuis la Justice dans des appareils bien
divers et souvent redoutables, jamais elle
n'a revêtu pour moi le caractère qu'elle
empruntait à la personne de Cyprien, gardien
des Arrêts.

Je serais probablement mort d'ennui, dans
un âge vraiment bien jeune, si je n'avais
joui du réconfort de la divine amitié. Et de
fait je comptais beaucoup d'amis dans ma
classe au Lycée Louis-le-Grand ; jamais plus
je n'en ai rencontré d'aussi sincères et si
totalement dépourvus de calcul ; nous nous
aimions pour nous-mêmes, mais avec des hauts
et des bas et tous les trois ou quatre jours
j'étais dans la pénible nécessité de remanier

radicalement la liste de mes amis. Habituel-
lement, le premier en tête de cette liste était
un certain Juniard avec lequel je m'entendais
admirablement. C'était mon voisin d'étude ;
dans les compositions il ne sortait guère des
cinq premiers et moi des cinq derniers, partant point de jalousie. Nous avions des goûts
communs : le triangle et la bloquette; il apportait les billes et moi la science de les
gagner. Comme son père était un gros épicier
et un épicier de gros à Passy, les pertes
au jeu ne touchaient pas sensiblement mon
ami. J'eus d'ailleurs l'occasion de lui rendre
un de ces services qui marquent dans l'existence : je fus assez heureux pour « lui prêter
des péchés ». J'ai dans ma vie — des ormeaux
qui bordent le chemin combien ai-je déjà
passé — j'ai vu prêter bien des choses :
des livres, de l'argent, des chevaux, des
serments, mais jamais, au grand jamais, je
n'ai vu prêter des péchés ; c'est un genre
d'affaires que j'ai créé et voici comment :
Juniard, fort bon sujet, n'apportait au tribunal de la pénitence que de si maigres, si rares
aveux que notre directeur, ancien aumônier
militaire, se refusait à admettre que ce pauvre
garçon eût entièrement vidé son sac, et ce fut
tellement sa conviction qu'aux environs de

Pâques, devant une confession plus vide que
les précédentes, il renvoya mon Juniard en
lui déclarant de ne revenir, s'il voulait l'abso-
lution, qu'avec un bagage d'un poids plus
sérieux.

A la tristesse de mon camarade, j'offris
les consolations de mon amitié et l'avance
de quelques péchés; ce n'était, il faut le
reconnaître, rien ou peu de chose pour moi,
cependant le service n'était pas mince :
M. Juniard père, qui menait le commerce
des denrées coloniales avec une piété profonde, eût pris fort mal que son fils ne fît
pas ses Pâques. Grâce à moi l'affaire s'arran-
gea, j'étais en fonds et fis bien les choses.
Notre excellent aumônier eut son compte et
trouva un pénitent suffisamment pécheur
pour son âge. Comme une bonne action reçoit
encore quelquefois sa récompense dans cette
vallée de larmes, à la rentrée des vacances
d'avril, Juniard me rapporta un sac de billes
d'agate, de marbre, de stuc, à croire qu'il
avait dévalisé la boutique paternelle.

J'ai passé dans cette maison de force vingt-
quatre mois qui peuvent compter parmi les
plus mauvais de mon existence : travaillant
sans profit, végétant dans une studieuse
ignorance; j'avais douze ans.

Et ces sentiments ne sont pas particuliers à mon ingrate nature car je vois que dans ses *Vieux Souvenirs* parus récemment, le prince de Joinville n'est pas moins catégorique que moi.

« Quand je passe, « écrit-il en 1894 », devant Saint-Etienne-du-Mont, que je regarde la tour de Clovis et les grands murs de la docte prison où j'ai passé trois ans, ce ne sont point des souvenirs agréables qui me reviennent, loin de là ! Je m'y suis mortellement ennuyé et je n'y ai fait rien de bon. »

Qui reconnaîtrait aujourd'hui mon Lycée des malheureux qui y ont peiné jadis lamentablement ; c'est un palais de 9 millions, il figure au premier rang de ces constructions, au nombre de 110, que la République consacre à l'internement de l'enfance. J'ignore son nombre d'élèves, peut-être est-il voisin de 2.000, comme deux ou trois de ses congénères de province : 2,000 enfants réunis sous le même toit ! En Allemagne le maximum est de 400 et c'est encore trop. Nous sommes tombés dans l'exagération au point de vue de l'hygiène, de la surveillance, de la responsabilité des éducateurs et nous reviendrons bientôt aux petits établissements multipliés selon les exigences locales.

Rendons toutefois à notre époque la justice qui lui est due : nos maisons d'éducation ont considérablement gagné : la douceur, l'urbanité, les soins matériels ont définitivement remplacé la rusticité grossière du passé.

Déjà certains craignent que si la route du monde n'est que le sentier élargi de l'école, le sentier tracé de nos jours ne soit trop fleuri.

LA MORT DE DORAT

LA MORT DE DORAT

Les *Baisers* (quel joli titre pour de jolis vers) et *Les Sacrifices de l'Amour*, tels sont les deux ouvrages de Dorat que vient de m'envoyer un libraire attentif et coûteux. Le premier est orné des illustrations spirituelles et légères d'Eisen ; le second, *Les Sacrifices de l'Amour* ou *Lettres de la Vicomtesse de Senanges et du Chevalier de Vorsenay* (Amsterdam, 1771), est enrichi de deux figures inappréciables de Marillier, gravées par Duclos et de Ghendt ; il forme deux volumes

in-8°, avec dos et coins en vélin blanc, tran-
che rouge.

Le premier tome a été augmenté d'un
portrait de Dorat, gravé sur acier, assez
médiocre et d'une sorte de sépia rehaussée
de couleurs représentant ou voulant repré-
senter Dorat sur son lit de mort. C'est
une idée excellente que de compléter un ou-
vrage avec des documents s'y rattachant,
encore faut-il que ces documents soient exacts.
Or, je vois, dans la petite sépia en question,
un mourant, la tête enserrée d'un foulard,
l'air calamiteux et miteux, entre deux personnes : un homme et une femme qui donnent
les signes manifestes d'un violent désespoir,
et un prêtre conjurant le ciel. Eh bien ! l'amateur qui a cru pouvoir rattacher cette estampe
à la fin de Dorat s'est complètement fourvoyé.
Cette fin a été toute autre ; évidemment sans
gaîté de la part des cinq personnes — et non
pas trois — qui y assistaient, mais sans mani-
festations exagérées, de même que sans fai-
blesse, assez gouailleuse, en somme très française de la part du mourant.

Elle vaut d'être contée.

Le 29 avril, dans la journée, sentant la mort
approcher, Dorat le poète galant, Dorat le
bel esprit, se mit en état de l'accueillir avec

les seuls égards qu'une situation de fortune
assez misérable lui permît de déployer. Par
ses ordres son vieux valet de chambre, plus
ému, plus accablé que son maître agonisant,
le sortit du lit et procéda à sa suprême toilette.
Très répandu dans le monde de la Cour et
dans le demi-monde, ancien mousquetaire,
amateur passionné du beau sexe et, comme
tous les hommes à bonne fortune, soigneux
ordinairement jusqu'à la recherche de sa personne et de sa mise, Dorat voulut qu'en ce
jour un soin particulier fût apporté à son
habillement. S'étant fait coiffer et poudrer, il
pria qu'on lui passât son habit mordoré, son
gilet de satin à fleurs et sa culotte pistache ;
ainsi vêtu, il se souvint que la mode exigeait
deux montres aux goussets et comme il ne
les avait pas, il les simula par un naïf artifice
en laissant sortir de ses poches deux cordons
ornés de menues breloques, justifiant de cette
sorte les vers légers qu'on lui avait attribués
et que nous ne citons que pour mémoire :

> Lorsque je vais auprès de celle
> Dont le cœur a reçu ma foi,
> J'ai pris l'habitude nouvelle
> De porter deux montres sur moi ;
> L'une avance, je la regarde
> Quand vient l'heure du rendez-vous,

Et je prends celle qui retarde
Quand il faut quitter ses genoux.

Placé ensuite sur une chaise longue, cadeau
de son amie Madame de Beauharnais, car il
n'eût pu en faire la dépense, il demanda
qu'on mît près de lui son linçeul; c'était
un drap de fine toile de Hollande que sa
maîtresse ou sa femme, Mademoiselle Fanier
de la Comédie-Française, avait chiffré avec
une boucle de ses beaux cheveux. Et philoso-
phiquement il attendit.

Par la fenêtre ouverte de sa chambre en-
traient discrètement les senteurs printanières
du jardin du Luxembourg, ressuscitant dans
sa pensée les heures lointaines et les souvenirs
heureux. S'emparant alors d'une feuille de
papier, il tenta de laisser un adieu à Cubières
et griffonna les vers suivants :

Je touche à mes derniers instants,
L'ardente sève de la vie
Ne circule plus dans mes sens;
Hélas ! sans douce rêverie
Je vois renaître le printemps....

Mais ce médiocre effort dépassant ses forces,
il s'assoupit.

Vers quatre heures, son docteur entra. S'étant
fait tâter le pouls : « Voyez, docteur », dit-il,

« puis-je aller jusqu'après cette première
représentation qui m'intéresse ? » faisant ainsi
allusion à la reprise attendue par la Ville et
la Cour de la *Veuve du Malabar*, veuve convertie (1) en *Empire des Coutumes*, de son
ami Lemierre. Le médecin lui parla en honnête homme, c'est-à-dire d'un ton qui ne lais-
sait guère d'espoir. Peu à peu, ses forces
diminuèrent; M. Sautreau de Marcy, Mme
de Beauharnais et Mlle Fanier l'entouraient;
il chercha à les consoler et voulant leur laisser
quelques souvenirs, il leur distribua les rares
petits objets, épaves de son ancien luxe, qui
lui étaient restés. Sa liaison ou son union
avec Fanier remontait à plusieurs années;
l'excellente femme avait fermé les yeux sur
ses trop nombreuses infidélités et ils n'en
étaient plus qu'à des termes fraternels. Dorat
n'hésita pas à la charger de remettre une
épingle en brillants à une jeune et jolie limo-
nadière en commerce d'amour avec lui dans

(1) La *Veuve du Malabar* n'avait obtenu aucun
succès. On cite le mot de son vaniteux auteur qui,
voyant la salle de la Comédie-Française à peu près
vide à une représentation de sa pièce, dit à ses amis :
« Société peu nombreuse, Messieurs, mais comme
elle est choisie. »

ces derniers temps. Là-dessus, pour changer le cours d'aussi tristes idées, M. de Marcy le plaisanta sur ses inconstances et sur ses nombreuses passions.

A ce moment entra le Curé de Saint-Sulpice. Une visite tentée l'avant-veille, par un prêtre de la paroisse, avait été évitée par Dorat « qui avait su », disait-il, « cette fois du moins, s'escamoter aux prêtres » : mais si proche du terme, il ne voulut chagriner personne et il reçut le pasteur poliment.

Le Curé de Saint-Sulpice était un très digne homme, naturellement désireux de réconcilier avec Dieu un pécheur indifférent plutôt qu'endurci ; il eut l'éloquence que donne la parfaite sincérité secondée du haut prix auquel il estimait l'objet de sa sollicitude ; il dit de bonnes choses et chercha à émouvoir, sinon à convaincre, l'âme étant plus facilement malléable que l'esprit.

« Mon fils, » termina-t-il, « un instant de repentir, Dieu est miséricordieux ; répudiez vos erreurs et vous le verrez face à face éternellement ».— « Face à face », répéta le mourant en regardant Fanier à genoux, dont il venait de prendre la main. « Oui, mon fils, face à face dans l'éternité », redit en insistant le bon curé. « Entendez-vous, Fanier, pour un

inconstant, c'est terrible, » et sa voix s'affai-
blissant : « Eternellement, mon Dieu ! face à
face, jamais de profil ». Sa tête s'inclina, son
souffle s'éteignit.

Il était huit heures, la nuit tombait.

SOUVENIR DE ROUMANIE

— 1868 —

LE COUVENT D'OISESCQ

10*

SOUVENIR DE ROUMANIE

— 1868 —

LE COUVENT D'OISESCO

Daniel n'était pas depuis huit jours à Bucharest, où l'appelaient ses intérêts, qu'il s'y ennuyait cordialement ; les promenades à la Chaussée ou au jardin Rachka, le Grand-Théâtre, les longs soupers chez Hugues le laissaient absolument froid ; d'ailleurs, en avril 1868, la chaussée et le Podou-Mogochoï avaient l'aspect et les agréments d'un lac de

boue ; au théâtre italien, une troupe allemande
écorchait des opérettes françaises démodées
et si attachants que fussent les propos échan-
gés le soir autour des petites tables du restau-
rant, ils n'empêchaient point la détestable
odeur du pétrole de ses lampes d'infecter les
convives.

Il fit alors ce qu'on fait en pareil cas, il
prit une maîtresse. La petite Balanescû (pro-
noncez Balanesco) était des environs de Jassy
et comme la plupart des Moldaves, charmante ;
malheureusement elle couchait sur un divan
recouvert d'un drap et sans couvertures, un
édredon léger en faisant l'office. La vérité
nous oblige à déclarer que Daniel fut très
satisfait de son lit la première nuit qu'il y
passa ; la seconde laissa à désirer, le crin du
divan perçait outrageusement le drap de des-
sous en brossant le dormeur infortuné à chacun de ses mouvements ; l'édredon l'étouffait.
La Balanescû trouvait en tous points sa
couche excellente; il y a des grâces d'état.
Le quatrième jour, Daniel rompit brusque-
ment.

Sur ces entrefaites, il fut présenté au major
Pazoglou, du 3e hussards rouges, lequel le prit
en affection et s'employa à le distraire. Il le
promena dans tous les sens, lui fit voir le

Musée sans l'y faire entrer parce qu'il n'y a
pas de tableaux, le fit dîner au mess des officiers de cavalerie, le fit danser chez l'hospodar
qui recevait un principule allemand de passage
et finalement lui conseilla de faire la cour à
la princesse Balesco, qui venait de se remarier.
En Roumanie, les divorces, dont les causes
sont cependant toujours connûes, ne sont pas
un obstacle à de nouvelles unions. Souvent
un deuxième mari est plus heureux que le
premier et quelquefois un troisième que
les deux autres. Ceux-là ont, comme dit
Balzac, séché un bois vert pour un feu qui
ne les devait point réchauffer. L'intrépide
princesse avait, après un récent divorce,
épousé un général.

On se racontait que le pope ayant, à la messe
nuptiale, adressé aux époux une courte allo-
cution terminée par quelques mots dans lesquels il rappelait à la mariée l'interdiction
civile de convoler une quatrième fois, cette
erreur de chiffres touchant le nombre de ses
unions fut par elle relevée : elle l'interrompit
d'une voix ferme et comme une femme qui a
fait et parfait ses caravanes : « Pardonnez-
moi, mon père, dit-elle, vous vous trompez, je
n'en suis qu'à la seconde. » Daniel manœuvrait
déjà dans les vues les plus coupables lorsque

la princesse partit pour Vienne avec son guerrier.

Le major vit qu'il fallait user de moyens plus originaux et on résolut de faire une visite au couvent d'Oisescô. Au jour convenu, un break attelé de cinq chevaux conduits par un cocher lipowan (1) flanqué d'un Albanais hérissé d'armes inoffensives, emporta Daniel, son major, le beizdadei X... (2) et trois de leurs jeunes amis sur la route d'Oisescô. Il y a trois postes (3) de Bucharest à Oisescô ; on fit halte à moitié du chemin, n'ayant guère rencontré que des paysans en veste et en bonnet de peau d'agneau, des tziganes mendiants et hautains, ou des juifs sordides, de mine obséquieuse, la tête enguirlandée de tire-bouchons crasseux et vêtus d'une lévite longue plus crasseuse encore que leur chevelure. Après un repos de deux heures et un déjeuner copieux, on repartit pour arriver à la nuit vers sept heures.

Le couvent d'Oisescô est bâti dans un des plus beaux sites du district d'Ilfov ; quoique

(1) Lipowan : membre d'une secte dont le premier principe est la mutilation sexuelle chez l'homme et la femme.

(2) Beizdadei, fils d'Hospodar.

(3) La poste roumaine est de 14 kilom. environ.

banal de construction, son éloignement relativement peu considérable de la capitale, son heureuse situation au milieu d'un bois aussi vaste que riche en essences forestières variées en font un but de promenade recherché et fréquemment visité.

Nos voyageurs furent introduits dans une grande salle servant de réfectoire aux religieuses par une sorte de sœur converse qui leur fit apporter du caviar, des queues d'écrevisses marinées et de l'agneau sous toutes les formes; avec les provisions et le vin de Cotnar transportés dans la voiture, on eut les éléments d'un confortable repas.

Ici se place une digression toute naturelle. En 1864, sous le règne du prince Couza, les biens des couvents et du clergé furent confisqués au profit du Trésor et cette mesure qui emplit les coffres de l'Etat, par une corrélation fatale, vida les caisses ecclésiastiques. Les traitements accordés par le gouvernement au clergé régulier permirent aux membres de celui-ci de vivre, non plus grassement comme par le passé, mais honorablement ; les confréries religieuses ruinées à plat ou trop pauvrement rétribuées subsistèrent grâce aux offrandes des fidèles, à des quêtes et à des secours sollicités des boyards. Ces extrémités, pénibles pour les moines et d'un résultat médiocre, furent déplorables pour les religieuses et peu à peu, avec la misère, la licence entra dans les couvents. Beaucoup de sœurs se défroquèrent et de celles qui restèrent fidèles au vœu de claustration, le plus grand nombre chercha, dans des liaisons de hasard généralement aussi vite rompues que nouées, un remède pécuniaire à la gêne.

Instruit de cette particularité, Daniel n'hésita pas après dîner à confier à la duègne embéguinée qui leur tenait compagnie, les désirs que les confidences de ses amis avaient fait naître dans son esprit.

Le mérite de ce récit, si tant est qu'il en puisse avoir, réside dans l'exactitude de ses détails et jusqu'à présent nous n'avons pas failli à les donner véridiques et complets; nous ne saurions cependant, sous peine d'encourir le blâme du lecteur assurément pudique, lui donner par le menu l'emploi de la nuit que Daniel passa au couvent. Qu'il lui suffise de savoir que sœur Irène parlait français comme un grand nombre de ses compagnes, qu'elle avait 19 ans, était de taille bien prise, que ses dents étaient blanches, ses yeux longuement fendus et son front surmonté d'une profusion de cheveux blonds qui encadraient de lourds bandeaux une figure agréable. Daniel la trouva charmante, il est vrai qu'il avait bu deux bouteilles de cotnar ; et puis le district d'Ilfov est si loin du tour du lac.

Le costume qu'elle portait en entrant dans la cellule où Daniel eût dû reposer (car y reposa-t-il ?) se composait d'une longue robe noire ouverte semblable au féredgé des femmes turques, couvrant une tunique de même couleur. Pour coiffure, elle portait le caouk, sorte de toque comme en ont encore les moines grecs, mais moins élevée, entourée d'un voile noir du plus gracieux effet. Et nous n'ajouterons plus un mot, car Irène parut attacher si peu d'importance à son costume qu'elle s'empressa de le quitter.

Vers les huit heures du matin, on frappa à la porte de la chambre de Daniel en le prévenant que ses amis l'attendaient pour regagner la ville. Il s'apprêta rapidement en causant avec sa bonne fortune. Peut-être était-ce le cas alors de s'écrier avec Othello : « Dans quel état vais-je la quitter ? Malheureuse enfant, née sous un astre ennemi ! quand nous nous rencontrerons au jour des jugements ton image, pâle comme un linceul, précipitera nos âmes des cieux et soudain les démons se saisiront d'elles ! » Ses propos furent plus modestes et comme il prenait son chapeau : « Au fait, ma chère enfant, ajouta-t-il avec un grain de fatuité, pourquoi êtes-vous au couvent si jeune et, je crois, sans vocation ? » La chère enfant répondit ingénuement : « C'est fort simple, monsieur, j'y suis née ; ma défunte mère en était Supérieure. »

TABLE

—

CLERMONT-FERRAND. — IMPRIMERIE G. MONT-LOUIS.

www.ingramcontent.com/pod-product-compliance
Lightning Source LLC
Chambersburg PA
CBHW070851030726
47504CB00005B/1303